UNA VIDA
EN DIEZ MINUTOS

RAÚL BAREÑO

Editorial *Metamorfosis*

Autor: Raúl Bareño
Diseño y Maquetación: David Román

© 2024 Raúl Bareño
© 2024 Editorial Metamorfosis

ISBN: 978-84-129144-1-2

A Gloria (Mamoret), Guillermo (Cotita) y Luis (LRA).

Y a cuatro padres.

Índice

Capítulo 1

Me quedaban diez minutos. Varias veces intenté comenzar pero no lo logré. No había nada. No se me ocurría una palabra para decir. Nada por escribir. Mi mente navegaba sin encontrar un puerto donde amarrar. Miré nuevamente el reloj y me perdí en el recorrido monótono del segundero. A mi alrededor ya no quedaba nadie en el extenso y amplio piso de la redacción. Todos habían terminado. El punto final de cada nota de mis colegas estaba en el lugar adecuado del periódico. Excepto el mío.

Un escalón por encima de la zona donde los periodistas imprimíamos velocidad a nuestros dedos contra el teclado del ordenador, como marcando las diferencias jerárquicas, una tarima servía de base al secretario de redacción, quien no dejaba de tenerme en su objetivo y de esa forma transmitir con sus ojos la impaciencia que lo invadía. Más que sus ojos, mi sensación era que me apuntaba con un misil tarima-escritorio.

Era hora de cierre del diario. Yo me había comprometido a transcribir y editar una entrevista —que ni siquiera había mantenido— con la flamante ministra de Economía de un gobierno que por esos días se tambaleaba.

En mi block de notas, generalmente con garabatos que solamente yo era capaz de descifrar, todas las hojas estaban en blanco, un blanco casi tan vacío como en el que se encontraba mi cerebro en ese momento.

A la funcionaria en cuestión, Alicia Oliva, la conocía bien —desde antes que comenzara su ascendente y meteórica carrera política— cuando surgió un caso de corrupción que tuvo a su entonces (¿ y actual?) marido como protagonista. Pero era obvio que eso, profesionalmente, no alcanzaba. Pensé, dudé y deseché ideas; a esa hora, una de la madrugada, no podía llamarla y explicarle después de un par de años sin verla quién era y qué pretendía. Vacilé, y un instinto primario de sentido de supervivencia y de mantener la fuente laboral me llevaron a decidir que era momento de tomar el teléfono celular y llamarla. Volví a dudar.

Me pregunté si mantendría el mismo número. Incierta respuesta. Aunque la lógica indicaba que era posible. Podría mantener ese número para las comunicaciones privadas. "No pierdo nada si llamo", me dije.

Me alegré al reconocerme como una especie de anticuario de números de teléfono. Siempre me resistí a deshacerme de datos. Tengo un gran archivo de anotaciones, recortes y páginas de diarios que me interesan. No hay métodos de orden y en ese caos solamente yo puedo encontrar lo buscado, aunque debo admitir que no es infalible. Pero soy un conservador (de datos).

De pronto, la realidad de una conocida voz grave y cargada de poder me sacudió.

"Oiga periodista estrella, las rotativas están esperando por usted", fue la primera advertencia formal pero irónica de mi jefe. "Dale pelotudo que del taller presionan. Los gráficos quieren terminar. ¡Mire la hora que es!", advirtió ya en tono menos coloquial pero mucho más efectivo. Hice un esfuerzo para salir de la fantasía en que estaba y reconocí la voz y el tono de presión. Estaba acostumbrado, pero nunca como hasta ese día y esa madrugada me había sentido tan vulnerable frente a Pablo Aleson, mi editor. Este era el causante, mi jefe y verdugo en ese instante.

La ansiedad y la presión obnubilaban mi ya maltrecha capacidad de absorción de exigencias externas. "Voy a preparar un par de preguntas y la llamo", me dije, al tiempo que intenté en la sala de redacción bloquear el espacio de comunicación con Aleson, al menos visualmente. Giré el monitor de la computadora, cambié la silla y mejoró mi ubicación. Ya no lo tenía de frente. La presión de perfil se soporta de modo diferente.

Acostumbrado a las excusas, mentiras y dilaciones de todo tipo, Aleson reaccionó rápidamente. Llamó a mi teléfono interno y el escritorio pareció temblar con el *ringtone*, fuerte y antiguo. Solo dejó salir una frase cuando levanté el auricular: "En ocho minutos se cierra el diario. En ese momento también se puede cerrar su carrera y su trabajo en Objetivo", amenazó con la ironía y la complicidad que solamente permite un extenso tiempo de trabajo de redacción compartido. Y el haber estado en el lugar del débil (yo) alguna vez. Éramos conscientes ambos de que aunque ese tipo de amenaza solo llevaba la carga de la retórica, en esas circunstancias solía ser efectiva. Además deja abierta la duda en cuanto a si en alguna oportunidad se cumplirá o no.

En ese instante, también, fue cuando empecé a entender, desde un nuevo ángulo, lo que puede provocar el poder, su uso y su abuso. También entendí lo que es la fragilidad de la mentira cuando avanza y le abre una puerta al miedo.

Instantáneamente tracé un paralelismo entre jefes y padres. Y caí en la cuenta de que yo siempre estuve del mismo lado, del débil. Reaccioné y me dije: dejemos el psicoanálisis autodidáctico barato para otra oportunidad. Era momento de crear, o de inventar — aunque fuera violando códigos propios de la profesión— para salvar la situación y, con ello, mi subsistencia. Las cuestiones éticas pasaron a un segundo plano.

Mis ojos veían todo excepto dos elementos: el reloj y a Aleson, quien a esa altura se había convertido en parte del inventario. Me alegró poder disociarlo. Mi poder de abstracción crecía pese a que el reloj no estaba de mi lado. Me desdoblaba y lo miraba, le suplicaba, le prometía cosas inverosímiles, pero ahí estaba: avanzaba. A mi modo de ver cada vez más rápido.

Pese a la presión, la incertidumbre y lo incómodo de la situación, en ningún momento mi imaginación se detuvo o se alejó del objetivo: la ministra algo me diría y la tapa del diario tendría una noticia importante con mi firma. Esto provocaría además el reconocimiento del secretario de redacción, mi objetivo por esos días.

"Hay que pensar a la inversa —me dije como forma de sacudir mi cabeza y reaccionar— todavía no hay nada escrito y mi verdugo (Aleson) sigue al acecho".

Desde mi escritorio era imposible escuchar el sonido del reloj de pared que tenía a unos seis metros enfrente de mí. Pero el tic tac parecía que me caía encima; y no solo aturdía, me envolvía y me aprisionaba. Sus agujas me oprimían. El vacío humano que reinaba a esa hora en la redacción potenciaba aún más mi sensación de soledad y debilidad. Mi vulnerabilidad. Estaba en manos del "inescrupuloso" Aleson y su cómplice, el reloj.

La entrevista comienza, me dije. Visualicé la figura de la ministra —que cuando la conocí despertaba una fuerte atracción en mí— y la imaginé sentada en uno de los sillones verde inglés que decoran el despacho del titular de Economía, varias veces visitado en entrevistas a otros interlocutores de menor rango. Siempre me pregunté por qué esos despachos son tan impersonales. Desfilan, y desfilaron, cientos de funcionarios bajo distintos gobiernos y ninguno da un toque personal a las oficinas. Son todos despachos oficiales, casi asépticos.

Sus piernas cruzadas, de modo elegante, y su cabello castaño recogido fueron los detalles que imaginé más claramente. Después mirarla a los ojos. Fue tan cercana a lo real la sensación de transmitirnos vibraciones que dudé sobre el lugar en el que estaba y con quién estaba.

"Se te vence el plazo", escuché. Ahí no tuve dudas sobre dónde estaba y con quien estaba. Con Aleson en la redacción. Pensé en la tapa del diario y el imaginar un gran espacio en blanco me provocó algo que podría denominarse pánico de redacción, un símil del pánico escénico que sufre la mayoría de los actores en un escenario. Me veía frente a un pelotón de fusilamiento, también. Y me pesaba lo suficiente la culpa como para sentirme en ese lugar.

Volví a la página en blanco que me devolvía el monitor de la computadora. Solo el parpadeo del cursor habitaba el lugar. Parecía desafiarme, burlarse y ser el dueño de la situación. Lo más grave es que lo era.ti

No tuve dudas. A primera hora de la mañana llamaría a la ministra y le explicaría la situación. La recordaba como una persona inteligente, abierta y accesible. Si a esto se le suma que compartimos —al menos desde mi óptica— afinidades y una mutua atracción, todo sería más sencillo. Fui más lejos con mi imaginación y di por sentada mi futura designación como asesor ministerial.

El reloj seguía inmóvil, pero sus agujas proseguían dando vueltas en círculo. Me quedaba poco tiempo y yo no hacía otra cosa que tener fantasías "erótico políticas".

Me lancé a escribir. Tras una breve descripción del momento político que se vivía y un perfil a trazo grueso de la protagonista de la entrevista, esgrimí la primera pregunta que, aunque obvia, era de rigor periodístico plantear: ¿Cuáles serán las primeras medidas a tomar?

Mi imaginación seguía el curso que había tomado la madrugada y la situación ya comenzaba a adquirir visos de realidad. Era tal la verosimilitud de mi entrevista imaginaria que estaba realmente confundido, aunque no lo suficiente como para no desdoblarme entre periodista y ministra.

"Al momento de crisis en que nos encontramos llegamos por falta de previsión. No personalizo ni responsabilizo a alguien en particular, pero está claro que faltan políticas de Estado en la cartera que hoy me toca conducir", fueron las primeras declaraciones de la funcionaria originadas en mi cabeza. Se escuchaba real: hablaba y no decía nada, aunque la crítica a quien sucedía era predecible; existía una lucha política interna entre el funcionario saliente y la nueva titular de Economía.

Este párrafo lo escribí y lo imprimí rápidamente. Caminé los pocos metros que me separaban de la tarima de poder del "verdugo" y se lo entregué.

Pretendía calmarlo, aunque en el fondo yo sabía que lo hecho era solo una cortina de humo momentánea. Y no tardó en llegarme la confirmación.

"¿Para publicar que no hay noticias y que todo sigue igual usted me tiene enterrado (en la jerga periodística trabado) el diario?", gritó. Le respondí con un gesto. Mi dedo índice derecho apuntando hacia el teclado de la computadora, como forma de explicarle que lo importante lo estaba escribiendo en ese instante.

Vociferó algo que no entendí, pero yo seguí con la entrevista imaginaria.

No miré el reloj pero sabía que seguía su campaña en mi contra.

Cerré los ojos con fuerza. Dejé que toda la presión descendente de la frente aplastara mis párpados ayudada por una fuerza similar, pero ascendente, que involucró pómulos y nariz. Mi cara era toda tensión y facciones desencajadas. Y por fin, mis dedos comenzaron a recibir órdenes del cerebro. Además, se movían a la velocidad que el momento ameritaba.

Hice un paréntesis en mi concentración para rogar que Aleson no se acercara a mi escritorio. Si lo hacía quedaría en evidencia que yo no tenía nada grabado ni anotado sobre mi diálogo con la funcionaria. Solamente un auricular inalámbrico en mi oreja derecha era el "disfraz" para llevar adelante mi puesta en escena.

"La delicada situación en que se encuentra el país y la zozobra en que estamos inmersos, no resiste un día más. Y si queremos seguir siendo y funcionando como nación debemos hacer los sacrificios necesarios. Dejar de lado los intereses partidarios es de orden, y este gobierno en general, y mi Secretaría en particular, tienen las puertas abiertas para recibir, analizar y poner en marcha políticas que reencaucen el rumbo de la Economía", escribí que había anunciado la ministra, actriz involuntaria del guion escrito por mi.

Ante la hora que era, que seguía con su apremio, y Aleson que levantaba los brazos y sacudía sus manos en un gesto que a cada minuto parecía más desesperado, decidí cerrar la entrevista y dejar la expectativa flotando en el aire. Habría más detalles en la siguiente edición. Al menos eso fue lo único que se me ocurrió pensar. Es más efectivo dejar abierto algunos interrogantes que inventar. Y además es más ético, y menos peligroso, me justifiqué.

"Las próximas medidas serán anunciadas oficialmente en el transcurso del día", indiqué casi al cierre de la nota periodística que —estaba seguro— opacaría las primeras planas del resto de los diarios. Ninguna tapa sería competencia. Para dejar la puerta abierta y dar el toque final a la "exclusiva" cerré la nota con un breve párrafo: "No puedo informar de mayores detalles porque a esta hora se sigue trabajando en el Ministerio en la redacción de las medidas, explicó a Objetivo la funcionaria".

Le expliqué a Aleson que la ministra no quería hablar más ni entrar en detalles y que, por lo tanto, el resto del espacio reservado sería rellenado con una buena foto de archivo. Estuvo de acuerdo —no había mejores ni más rápidas alternativas— y me ofrecí a elegir yo la imagen. Fui al archivo del periódico. Ya no había nadie.

Me senté frente a la computadora y en el ícono "buscador de imágenes" escribí Alicia Oliva.

Aparecieron varias fotos. ¿Cómo estará?, me pregunté. Pensé que si fuera un hombre sería más fácil. No es machismo. La apariencia de las mujeres varía considerablemente, muchas más veces que la de un hombre. Influyen modas, cortes de pelo, indumentaria, tipo de actividad, privada u oficial. Encontré una imagen que me pareció perfecta. Un primer plano de un rostro que no mostraba gestos, que no transmitía emociones. Lo único que se destacaba era la interesante perfección de su rostro, al menos desde mi óptica. No dudé. Esa era la foto y no admitiría discusiones con Aleson. Fui hasta su "trono" y aprobó mi criterio.

Esperé el visto bueno de la sección de armado del diario. Todo encajó en su tamaño, no fue necesario hacer retoques.

Guie mis pasos hacia el escritorio del secretario de redacción con la sola intención de saludar, irme rápido y comenzar a tejer la última parte de mi plan. La más delicada y la más incierta. La más incómoda: decirle a la ministra que aceptara el libreto y que dijera que había dicho lo que no dijo. Una osadía, lo sabía.

El miedo al ridículo me envolvió por partida doble. Como periodista y como hombre o como hombre y como periodista. No estaba claro. Intenté auto convencerme de que lo hecho era lo necesario y puse en marcha algunos de esos extraños mecanismos que tenemos los seres humanos para justificar nuestros actos cuando están teñidos de dudas y que no justificamos en los demás. Peor aún, los criticamos cuando de otros se trata.

Salí del edificio del periódico. La noche fresca que me golpeó la cara sirvió como prueba física de que salía del pozo. Otra vez la vida "normal" me abría las puertas. Al menos por unas horas. El periódico ya se imprimía, mi exclusiva tendría el desarrollo que correspondía y se abría ante mi un extraño desafío, tan personal como profesional. La ansiedad cedía terreno y la oscuridad de la noche, en contrapartida, parecía dar luz a mi estrategia en desarrollo.

La decisión —además de la mentira— me obligaba a mantenerme despierto y atento. Sabía que a las cinco de la mañana comenzaba la distribución del diario. Que a las siete, los primeros programas informativos radiales y televisivos recogerían la noticia e intentarían comunicarse con la ministra. Aparecerían opiniones de otros actores políticos, coincidencias y divergencias, y análisis sobre algo dicho por alguien solamente en mi imaginario. La ficción por encima de la realidad.

Mi departamento de un ambiente nunca había sido tan caminado como en esa madrugada. Las primeras luces del amanecer iluminaban mis temores. Me devoraba la impaciencia. La adrenalina invadía el ambiente y de ella me retroalimentaba. Mis pasos parecían deslizarse en sentido contrario a los de las alfombras transportadoras de los aeropuertos. Caminaba y no llegaba a ningún destino.

La ventaja que le llevaba a los otros medios jugaba a mi favor. Eso creía. Pero inmediatamente sobrevoló con mayor fuerza el miedo al ridículo, profesional y personal, en ese orden.

Recurrí al celular. Lo abrí, fui a la agenda, marqué la K. No había nadie. Pensé: si era una relación personal no podía estar agendada por apellido. Llevé el cursor a la

A. Había tres Alicias. De dos de ellas me acordaba, de la tercera no. El olvido no obedecía a que fuera muy vasta mi agenda de señoras amigas, sino a que mi memoria tiene escasa capacidad en el disco duro.

Debía ser esa. Llamé y lo tan temido se produjo: la voz impersonal y universal de un contestador que me dice: "Usted se ha comunicado con el número …". Dejé un mensaje tan desesperado como breve y explicativo. Ni siquiera sabía si el destino marcado era el buscado y si el contenido de lo dicho era el correcto. Pero mi intuición me guiaba.

Desesperación. Angustia. Planear excusas. Mi cabeza estaba a punto de estallar.

Un minuto después sonó mi teléfono celular. Eran las siete y cinco. Tarde para mí, temprano para la mayoría. Una voz femenina grave, pero con tono dulce y con la sensualidad que le da a una mujer hablar desde la almohada dijo: "Buen día. Ya me enteré de lo que dije sin decirlo. Pero debo decirle que diré que lo dije.

Usted sabe que soy una persona que respeta los códigos no escritos y cumple su palabra." El verbo "decir" pasó a formar parte de mis favoritos, desde ese momento.

Una extraña sensación de alivio, pero de una intensidad desconocida hasta ese momento, me invadió.

Hice un clic y recordé mi anterior conversación real con la señora Alicia Oliva (no recuerdo su apellido de soltera) unos pocos años antes. A mi memoria volvió por lo inusual, y por lo que profesionalmente significó en su momento para mi carrera en el diario en el cual trabajaba. En esa época Alicia —así la llamaba dado el acercamiento hasta el que habíamos avanzado— me dijo: "Mi marido está dispuesto a hablar, ante un pedido especial de mi parte, sobre el *affaire* que involucra al gobierno con la multinacional petrolera y el pago de coimas. La única condición es que él quede afuera de las denuncias y en el anonimato. Porque es inocente. Aportará pruebas y documentos, pero no debe trascender la fuente que los entrega. Obviamente la información es de primera mano y no deja lugar a interpretaciones", me confesó. Le creí. También le creí su confianza y defensa de Carlos Ayusto, quien era, además de su consorte, un poderoso empresario de trayectoria internacional, miembro de una dinastía familiar con globalizados negocios múltiples, incluido el de hidrocarburos.

En ese momento intercambiamos tarjetas personales, pero no volvimos a comunicarnos.

El sonido del teléfono móvil me hizo saltar de los recuerdos al presente urgente, y la voz ronca pero ahora animada de Aleson ratificó mi sensación de haber logrado un buen impacto en la prensa de ese día, aunque la incertidumbre mantenía una puerta abierta y la intranquilidad se sumaba a la tensión de la madrugada sobre mis hombros.

Apenas un par de horas de sueño amortiguaron ligeramente el cansancio; también la tensión, dividida en tres partes, pasada, presente y futura, ésta la más preocupante.

Las reacciones políticas respecto de mi nota periodística no se hicieron esperar. Desmesuradas y con falta de realismo, según mi óptica. Íntimamente sabía que eso coincidía con la realidad, pero eso lo sabía solamente yo y no estaba en condiciones éticas de cuestionarlas.

Debía tener un plan de acción antes de enfrentar a colegas y a editores en el diario. Tenía que ser convincente y firme a la hora de reafirmar y defender lo que la primera plana del diario había provocado.

Cualquier otra estrategia era mi muerte profesional y el bochorno social. La credibilidad es la única credencial renovable diariamente en esta profesión. Una vez perdida es difícil de reconquistar.

La duda me dominaba. El celular amenazaba con sonar hasta agotarse si era encendido. El teléfono fijo con el tubo colgando se veía mejor estéticamente, como parte del desorden general en que estaba esos días mi apartamento, en línea con mi cabeza.

El reloj volvía, como unas pocas horas antes, a convertirse en enemigo y su hostilidad, ahora desde mi casa, avanzaba a cada segundo.

Afuera sabía que había una realidad esperándome. Esa realidad incluía gente. Esa gente incluía colegas periodistas. Esos periodistas querían información. Esa información debía tener fuentes. Esas fuentes no existían. Peor aún, existían pero no dijeron nada. Me tranquilizó recordar que la dama en cuestión había comprometido su colaboración, pero no sabía cuál sería la posición del marido de la señora, que era protagonista accidental, además de presidente de una gran compañía.

Planteé opciones. Pese a lo delicado de mi situación profesional traté de ser práctico y opté por liberarme, quedar a merced de los impulsos. Ya había analizado los riesgos que no solo a mi afectarían, sino también al diario. En un arranque de inconciencia minimicé todo y antepuse mis necesidades personales a cualquier otra cosa.

La incomunicación se quebró. El timbre del portero eléctrico me sobresaltó. Tras analizar si atendía o no – unos segundos en los que leí mentalmente toda la entrevista— decidí franquear la puerta sin preguntar quién era. Inmediatamente me arrepentí, reprobé mi actitud e intenté que se identificara quien había pulsado el timbre del apartamento 704, el mío. No hubo respuesta. Solo se escuchó el sonido de la puerta del edificio al cerrarse suavemente.

Impaciente e inquieto abrí la puerta de mi casa. ¿A quién esperaba? La ansiedad fue salpicada con algo de temor. Era un estado desconocido para mí, pero interiormente lo disfrutaba. Esto lo volvía más extraño aún. Vivía situaciones inéditas. La alteración obedecía básicamente a todo lo que produjo la mentira de la entrevista y el miedo a las consecuencias. También revoloteaba cierta expectativa positiva, producto, tal vez, del infantilismo con que había construido esta farsa.

El sonido agudo y suave que provenía del otro lado de las puertas del ascensor eran el indicador claro de que el aparato estaba por detenerse. Volvieron las dudas. La disyuntiva era: esperar en el interior de mi apartamento o donde estaba, en la puerta.

No hubo tiempo suficiente para decidir.

La puerta del ascensor se abrió y surgió lo que esperaba, aunque sin saberlo hasta ese preciso instante. Una presencia que se impuso por sobre todo. Me sentí incapaz de extender mi mirada más allá de esa silueta de mujer que me encandilaba.

Apareció ella. Detrás, dos custodias la acompañaban. Se deshizo de ambos con una simple seña que pareció indicar "hasta aquí llegaron". Y como en cada lugar que su figura aparecía, el resto era escenografía alrededor de una primera actriz. Salió del ascensor y miró directamente hacia donde yo estaba. Encaminó sus pasos a mi encuentro. Sus ojos mantenían la línea de los míos. Cuando estuvo a medio metro se detuvo. Me miró y en sus ojos pude ver lo que estaba dispuesta a dejar traslucir y transmitir en ese encuentro: interés y seducción, armas que seguramente apuntaban a un objetivo que iba más allá de mi persona. Más misterio.

La conocía y sabía el manejo y administración de sus estrategias para conseguir lo que pretendía. En todas las batallas, políticas, profesionales y personales, la seducción era una especie de ariete con el que se abría camino hasta su destino.

"Buen día", dijo y estiró su mano. "Buenos días" respondí y guie mi mano derecha al encuentro de la suya. Era firme y fuerte. Una dulce y suave tibieza le aportaba el toque femenino y sensual.

La tensión cedía terreno pero la incomodidad por no mostrar todas las cartas persistía. Parecía un juego en el que cada uno aguarda hasta percibir o adivinar una señal del otro para decidir el paso a seguir.

Sentir el aroma de su perfume me llevaba a olvidar absolutamente mi profesión y su cargo. Solamente me distraía de la mujer que tenía ante mi, su escote, con el que mi mirada mantenía una disimulada lucha de poderes.

Empujé suavemente la puerta, hice una reverencia leve, le indiqué el camino con mi brazo y la invité a pasar. Me esforcé por dejar de mirarla, ahora a los ojos, pero no pude. Estaba seguro de que la ministra Oliva era capaz de descifrar lo que yo intentaba impedir que se adivinara de mi en esa situación. Pese a que la recordaba muy intuitiva, era consciente de que para adivinar como estaba yo en ese momento no había que ser una persona de sensibilidad muy especial. Estaba alterado e inquieto, una vez más, por su atractivo. Con su presencia logró alejarme de todas las elucubraciones, de todos los temores y todas las hipótesis que se habían apoderado de mi cabeza.

Hay personas que parecen haber nacido con la fuerza del poder en su cuerpo y en sus gestos, y estaba frente a una de ellas.

Café y distensión

Cerré la puerta, que había quedado entornada, producto de mi torpeza e incapacidad para hacer dos cosas a la vez ante la inesperada visita. Intentaba ser natural pero sabía que se me notaba el esfuerzo. Me incomodaba. "¿Un café?" fue mi primera y poco original pregunta. Intenté que la voz no me temblara.

La respuesta fue inmediata: "Si, por favor". Esas tres palabras sonaron en perfecta armonía con la pierna izquierda de la ministra cruzándose suavemente sobre la derecha. La pollera ponía límites. Lo que dejaba a la vista era agradable, elegante e insinuante. Los zapatos negros y de altos tacones cerraban la armonía de la que era parte principal un *tailleur* color salmón. Su cara tenía el maquillaje exacto. Ese que prácticamente no se nota y solo se hace perceptible para realzar algunas zonas, como los pómulos. Su boca y sus ojos se disputaban el lugar donde estacionar mi mirada.

Fui a la cocina. Volví sobre mis pasos y le pedí aclaraciones: ¿Café de filtro o instantáneo? ¿Solo o cortado? ¿Azúcar o edulcorante? "De filtro y amargo", respondió y se ofreció a ayudarme, en un tono que era claramente de cortesía. Le agradecí y le expliqué con algún comentario —tonto— de humor que podía hacerlo solo. Volví a la cocina y ella quedó sentada en el living, aunque antes acompañó con su mirada cada uno de mis movimientos.

Busqué la cafetera y la encontré. Fui a la heladera, donde guardo el aromático y agradable grano molido, y sorpresa: no había café. Extendí la búsqueda a placares y alacena circundantes sin suerte. Desde el living provenía un silencio expectante, pero ahora lo acompañaba el creciente e invasivo perfume de la ministra. Me excitaba. Demasiado.

Fui hasta el sofá y le expliqué la situación de lamentable desabastecimiento. "Voy hasta el supermercado, compro y vuelvo en cinco minutos", le señalé. Asintió mientras miraba despreocupada su teléfono móvil y partí rápidamente. Parecía un niño.

No cumplí, pero me excedí apenas y a los diez minutos estaba de regreso con un paquete de café recién molido. Olía bien pero no tenía el encanto del perfume en la piel de Oliva, que seguía invadiendo mis sentidos.

Encontré a mi invitada sentada en el mismo lugar, de la misma forma pero sin la chaqueta del tailleur. Lucía más linda aún y sus atributos comenzaban a desplegar mayores encantos e inmediatas tentaciones. El móvil seguía encendido y llegué a descubrir que el sitio web que aparecía en su móvil era el del diario, Objetivo.

En la cocina inicié el proceso de preparación del café y, mientras seguía su curso, volví al living dispuesto a romper el hielo, a jugar el papel que requería el momento, el de anfitrión. Me arrepentí inmediatamente y busqué una excusa para regresar a la cocina. ¿Agua mineral?, le ofrecí. Aceptó y fui a buscarla. Volví con una bandeja, dos copas y la botella, a temperatura natural, como era de mi gusto. La dejé en una mesa supletoria al lado de donde estaba la ministra. Ahí dejó sus cosas: cartera y diario en papel. Coincidencia; me alegró comprobar que, como yo, aún seguía fiel a los periódicos en papel, algo en desuso progresivo desde que Internet apareció en el horizonte de los lectores de prensa. El título, lógicamente, atrajo toda mi atención. Disimulé. Ella lo notó.

Tomé una copa y le serví agua mineral mientras me relataba las vueltas que debió dar en su automóvil para sortear las aglomeraciones de tráfico, típicas a esa hora de la mañana, y llegar hasta mi "combo" apartamento— oficina. Me quedé con la duda sobre si había llegado en su automóvil personal o si la habría trasladado su chofer del Ministerio.

El ruido del vapor esforzándose por salir me hizo volver a la cocina y a la cafetera. Estaba listo. Tomé una bandeja, coloqué encima un mantel individual, un "posa cafetera" de hierro con detalles de flores silvestres plasmadas en color, dos tazas, azúcar y una cuchara. Busqué galletitas dulces y no había. Mi hijo suele terminar con las existencias de ese preciado círculo chocolatado cada vez que me visita. Viajé de la cocina nuevamente al living. Me volvió a impactar verla sentada en mi casa. Fuera de su contexto natural, el despacho del ministerio. Apoyé la bandeja en la mesa del living.

Me miró y volví a tener la sensación de que me leía, que sabía lo que pasaba por mi mente en cada momento en que se cruzaban nuestras miradas, aún cuando yo esquivaba esos ojos color miel, de mirada profunda, que tanto me atraían.

Le alcancé la taza de café. Lo agradeció y sus ojos se clavaron en mi un instante. Me pareció una hora. O más. Hice un esfuerzo y me senté enfrente de ella. Comencemos a trabajar, me dije, mostrando un convencimiento más de actor improvisado que de periodista cautivado.

Mi cabeza sumaba a su locura más partes de mi cuerpo. Todo era inquietud. Cruzaba mis piernas; las descruzaba. Las abría; las cerraba. No encontraba una posición que frenara mi ansiedad profesional y mi desasosiego masculino. "Estoy demasiado alterado, debo controlar mi libido. Mantener las formas. Soy grande", me dije, y recurrí a lo poco que pudiera tener de autocontrol. Una sensación extraña e infantil me invadía. Minimicé todo. Exageré todo. No sabía cómo actuar. Respiré profundo, hice un movimiento con mi cabeza: la incliné a la derecha, luego a la izquierda, carraspeé y comencé a balbucear algunas palabras.

Poder y seducción

"Creo que deberíamos relajarnos", advirtió Oliva como modo de hacerme saber que lo que yo intentaba disimular se transparentaba demasiado y que lo más aconsejable era admitir y blanquear, al menos, la situación de nerviosismo. Sentí cierto alivio y busqué la salida por el lado profesional. Era lo esperable, era un argumento consistente.

"Lo que sucede es que en las últimas horas confluyeron varios factores que alteraron mi vida profesional y personal", admití como forma de justificar y explicar mi comportamiento. Era obvio que había algo más que lo estrictamente profesional. Tampoco tenía porque haberlo explicitado.

"¿En ese orden?", preguntó, e inmediatamente pidió detalles. Tenía la certeza, que sigue a la intuición, de que su ego político y femenino serían alimentados: "Realmente no puedo decir en qué orden. Realmente no sé cuál de las dos cuestiones es ahora más importante, cuál tiene más peso. El estrés que me tocó vivir fue demasiado, comprometí a gente, a usted, básicamente, sin consultar. Me imaginé en medio del éxito y también del fracaso y la vergüenza. El que usted haya llegado hasta acá, que se haya trasladado a mi casa, es muy significativo. Solamente tengo palabras de agradecimiento y cierta sensación de arrepentimiento y de vergüenza. El arrepentimiento también da vueltas. La miro y pienso: qué imagen tendrá de mi esta señora mujer". Logré contenerme. No le mencioné las pasiones que también despertaba en mí. El descargo se impuso. Pude mantener un mínimo de coherencia diplomática.

Seguimos hablando y su mirada se hacía más profunda; permanecía más tiempo en sus constantes saltos de mis ojos a mi boca. Al menos esa era mi sensación, contaminada con mi propio estado. La ministra, decía mi intuición, diría lo mismo si le pidieran que describiese la situación desde su óptica. Mis sentidos captaban un ida y vuelta de conexión. El diálogo comenzó a surcar otros caminos. La política y lo formal dejaron lugar a lo trivial y cotidiano. El terreno personal se abría paso. Amenazaba. Ambos sabíamos que nos encaminábamos hacia lo ineludible: ¿habría un nosotros, un *touch*? En su despacho no hubiéramos llegado al clima que se respiraba, la intimidad de mi apartamento alimentaba mis —¿o nuestras?— fantasías. La sección preguntas seguía abierta.

La ministra, a conciencia o no, facilitó mis intenciones de acercamiento. Tomó su teléfono móvil, que había dejado apoyado sobre sus piernas —cubiertas por un falta tubo que no disimulaba sus sensuales muslos— y comenzó a buscar algo que pretendía mostrarme mientras hablaba. Yo la escuchaba sentado en mi silla de escritorio, enfrente de ella. Sus piernas, enfundadas en medias oscuras, ganaban protagonismo en mi recorrido visual por su cuerpo. "Venga, siéntese a mi lado, así le muestro lo que tengo interés que vea", me dijo mientras miraba por encima de los anteojos apoyados en su perfecta nariz, sin huellas de cirugía. Su tono no era el mismo, ahora transmitía una cercanía impropia de una funcionaria de tan alto rango con un periodista. Pero como el periodista era yo, la situación me pareció inmejorable. Moví ligeramente la silla, las pequeñas rueditas se deslizaron y me transportaron hacia el sofá. Al levantarme para hacer el "trasbordo" hacia mi nuevo destino, una de esas rueditas se soltó y la silla quedó en desnivel. Tuve suerte, no caí al piso.

No sabía qué hacer. Estaba poseído por una especie de fiebre ascendente que solamente tenía un antídoto; y estaba muy cerca de mi. "¿Le ayudo?", dijo, y sin esperar la respuesta se colocó en cuclillas al lado de la silla y, más cerca aún, de mi susceptible cuerpo.

Estábamos a centímetros uno de otro. Yo, con el pequeño artilugio rodante en mi mano derecha, y Alicia —a esa altura ya había olvidado internamente el tratamiento de "ministra"— sosteniendo la pata incompleta de la silla. Con la mano izquierda tomé la misma pata y, sin pretenderlo, nuestros dedos se rozaron. Sentí escalofríos y a la vez un calor ascendente, levanté mi mirada y a pocos centímetros encontré la respuesta en sus ojos; nos miramos y la intensidad fue quebrada por mi torpeza, que me llevó a ponerme rápidamente de pie con la excusa de ir hasta el armario de la cocina por alguna herramienta.

El rápido viaje de ida y vuelta solo sirvió para alterarme más. No sabía qué hacer, como salir (o permanecer) en esa situación. Medía riesgos personales y profesionales pero el resultado era muy sesgado, como sucede generalmente cuando la testosterona interfiere en una decisión.

Volví a la escena con un destornillador y un martillo, las únicas herramientas que hay en mi casa, prueba inequívoca de mis habilidades y dedicación a los trabajos manuales. Encontré el pequeño tornillo que se había salido, lo coloqué entre mis labios, tomé la huidiza ruedita e intenté colocarla en su lugar mientras mantenía inclinada la silla. Mi visitante me observaba con una mueca de sonrisa y mirada de niña traviesa, y dejaba traslucir la seguridad de ser quien tenía la situación bajo su control. Cuando por fin y con esfuerzo conseguí, con una mano, encastrar y sostener en su lugar la ruedita en la pata de la silla, y con la otra mano mantenerla inclinada, me percaté de que no tenía recursos para tomar el tornillo de mi boca y ubicarlo en el orificio que lo esperaba. Alicia, que no dejaba de observarme, notó antes que yo lo dijera que tenía que acudir en mi auxilio. Y lo hizo. Guio su mano derecha hasta mi boca, y muy lentamente, rozándome apenas, tomó entre sus dedos el tornillo que, a esa altura, se había transformado más en un elemento de erotismo que de carpintería.

Lo colocó donde faltaba mientras yo la guiaba y su respiración se volvía más cercana y envolvente.

Controlé por enésima vez mis impulsos y, destornillador en mano, di las vueltas necesarias para que la rebelde ruedita volviera a su lugar y ahí se quedara. Me incorporé rápidamente y le tendí mi mano mientras seguía en cuclillas. Su mirada ascendente sólo se detuvo al conectar con mis ojos, que yo intentaba que no traslucieran todo el deseo que invadía mi cuerpo y que amenazaba con salirse de cauce.

Se puso de pie, miró la silla, la movió levemente, comprobó que el arreglo fue efectivo y volvió su mirada hacia mi.

El sonido de su móvil la sacó inmediatamente de la atmósfera intimista que se había ido creando naturalmente y dio paso a la voz y a la actitud de una funcionaria de gobierno: "Diga Madeleine", fue la orden —amable pero firme— de la ministra a su interlocutora, a quien inmediatamente recordé como su secretaria. Le explicó, o mintió (?), que estaba ocupada con un asunto importante y que en pocos minutos la llamaría. Maldije la interrupción y quedé pensando en el "asunto importante" que esgrimió Alicia como excusa que, en realidad, no era otra cosa que una silla, una rueda y un periodista. Intenté ver lo positivo del momento y me quedé con una palabra

"importante". Y me sentí el promotor y dueño de todo el significado de ese vocablo.

Mi cabeza daba vueltas y solamente con un propósito, volver la situación al momento previo al llamado. Pero la magia ya estaba rota, al menos momentáneamente. El clima volvía a transitar por el formalismo. El rebobinar no forma parte de la vida real. Y el avanzar, cuando existen dos seres en escena, que apenas se conocen, no siempre tiene la misma dinámica ni los objetivos son idénticos.

Capítulo 2

La distracción que motivó el quiebre del clima que yo veía propicio para mis lujuriosas intenciones, pasó a formar parte, muy rápidamente, de una fantasía truncada. Aún masticaba ideas de conquista con la ministra cuando el sonido de mi teléfono móvil sonó y echó por tierra toda posibilidad de digerir y hacer realidad mis planes. En un enojado silencio, cargado de ira pero que a la vez exigía el disimulo ante mi visitante, escuché cómo desde el diario exigían que me presentara inmediatamente ante Aleson y algunos directivos ejecutivos del periódico. No temblé, pero una inquietud interna se apoderó de mi y todo era una mezcla de sensaciones, buenas y malas, pesimistas y optimistas, lujuriosas y castas, en ese orden.

Finalmente pude equilibrar la situación y dar los pasos que exigía el momento y la situación. Además era la forma perfecta de dejar abierta una relación profesional para que el siguiente encuentro ya tomara por otros caminos, más personales, menos de escritorio y de políticos. Estas eran mis expectativas. ¿Y las de ella?

Le expliqué a Oliva las urgencias por las que me reclamaba el diario, que no eran las mías, y que debía abrir un paréntesis, que debía marcharme. Me puse de pie y muy decidido me dispuse a saludarla con un apretón de manos.

Fui capaz de analizar la forma de despedirme en un nanosegundo y de adoptar la manera que, a mi entender, pedía el momento. Tendí mi mano derecha y no demoré en sentir la suya, cálida y suave. La apreté suavemente y creí haberle transmitido, en ese tan social y en apariencia intrascendente acto, parte de toda la energía y pasión que me despertaba toda ella. "Seguiremos en contacto", dije mientras buscaba la complicidad y la aprobación de sus ojos. "Eso espero", respondió y lo acompañó con una mirada en la que dejaba salir sin vergüenza todo el caudal de provocadora seducción.

Era consciente de que en mi mano diestra debían quedar rastros del cautivador perfume de Alicia Oliva. La acompañé al ascensor. Al lado de la puerta estaba uno de los custodios que la había acompañado al llegar y me saludó con un leve movimiento de cabeza. Ella subió, él lo hizo después y llegué a ver como marcaba el pulsador de Planta Baja. La puerta se cerró y me quedé con la última mirada de la ministra, con toda su imagen.

De pronto me descubrí con un tic que nunca había tenido: olfatear mi mano derecha de modo casi permanente. Hacerlo me transportaba inmediatamente a los ojos y a la mirada de Oliva y, con ello a las sensaciones que invadían todo en mi, desde pensamientos hasta cosquilleos físicos.

Disfruté tanto el perfume y me provocó tal nivel de placenteras reacciones que llegué a pensar que sería afrodisíaco. Pero no, lo afrodisíaco estaba en la raíz del momento, en la trasmisora, que a esa altura estaba muy cómodamente instalada en la torre de control de mi mente.

"Es hora de tomar un poco de aire, de oxigenarme", me dije y salí a la calle: respiré y busqué una bocanada de aire fresco para que oxigenara mis sentidos y me volviera a la vida "normal". Pensé en tomarme un café para que sirviera de acelerador y así llegar a mi ser anterior, ese que no había experimentado la desconocida "contaminación ministerial".

Un bar en la esquina de casa apareció en mi horizonte y ahí decidí hacer una escala, tomar un café e intentar reordenar el caos mental en el que me encontraba, al que había llegado de la forma más impensada. La necesidad de una pausa era creciente e imprescindible. Ingresé, busqué con la mirada una mesa cercana a alguna de las ventanas del lugar, vi una y me dirigí a ella con la intención de aplacar mis ansiedades. Me senté, se acercó un señor vestido de camarero al estilo de "los de antes" —esto es pajarita negra y camisa y chaqueta blanca con pantalones negros— y pedí un agua sin gas, grande, y un café largo en vaso. "¿Por qué me detengo en esos detalles? ¿Cambia algo que el camarero, o mozo como se lo llama en algunos países, esté vestido de rojo o amarillo?". La respuesta es no, pero la explicación es que buscaba formas de guiar mis pensamientos, quitarlos de la unidireccionalidad a la que la ministra los había sometido.

El reciente y cautivador tic que había adquirido, fue interrumpido por un llamado de atención y una voz interna que me decía: "vaya señor inmaduro en que te has convertido, olfateando tu mano para que un perfume te obnubile y te lleve permanentemente hasta el cuerpo desde donde se emanaba". Pero no me avergonzaba, me gustaba y disfrutaba del juego que acababa de comenzar, aunque también era consciente de que desconocía cuál era la lectura que hacía la otra parte de esta historia, la ministra.

Bebí un vaso de agua, dejé caer el contenido de un sobre de azúcar en la pequeña taza del humeante café y perdido en mis pensamientos me dediqué a revolver con la cucharita durante unos cuantos segundos, que tal vez pudieron haber durado un par de minutos.

Había perdido varios patrones de medida a esas alturas, como el del tiempo, y mis esfuerzos no lograban alejarme de *madame* Oliva.

El teléfono móvil sí logró dejar de lado mi obsesión, pese a que vino a mi mente la imagen de las piernas cruzadas de la jefa de la Economía del país, y conseguí hilar una conversación con mi interlocutor, que no era otro que un viejo colega periodista interesado en conocer mayores detalles de la información que había publicado mi diario y que tan buen impacto logró. Llevé el diálogo por otros carriles, menos periodísticos, y sin darme cuenta me descubrí hablando de fútbol y de lo que se avecinaba para las Eliminatorias del Mundial.

Sentí una especie de alivio que, aunque lo sabía transitorio, era síntoma de que estaba volviendo a la rutina y a la normalidad sin "interferencias ministeriales". Terminamos la conversación pero antes acordamos volver a vernos para poder analizar con mayor detenimiento las declaraciones y el *off the record* de la entrevista, punto que mi colega imaginaba como la parte más jugosa del encuentro. Y no se equivocaba. La inexistencia de la reunión era un secreto que no pensaba revelar ni al más íntimo de mis compañeros periodistas y decidí que, sobre la marcha, iría saltando los obstáculos que se me presentaran en torno a una entrevista que seguía teniendo fuerte impacto en toda la prensa. La parquedad habitual y generalizada de la ministra con los medios —por encima de sus declaraciones a Objetivo— alimentaba el apetito del sector mediático, carente por esos días de información política o económica de peso.

La suerte estaba de mi lado, al menos en esta oportunidad y ya se veía por cuánto tiempo. Traté de no dejar ningún flanco descuidado y de estar muy atento a las reacciones políticas y de los medios.

Dejé de bucear en Internet mirando periódicos, radios, canales de televisión y agencias de noticias, y me dirigí directamente a la agenda de mi teléfono móvil. No tenía muy claro para qué.

¿A quién quería llamar? No tardé en admitir que sabía con quién ansiaba entablar una conversación. Pero me contuve y a la vez me surgió la duda sobre si ella tendría las mismas necesidades y, como yo, no daba rienda suelta a los impulsos. El autocontrol como herramienta lateral de seducción se emplea sin importar el género. Era consciente de que inventaba y me inventaba excusas dilatorias. Sabía lo que pedía a gritos mi cuerpo: el cuerpo de la ministra. Y su mirada, también.

En medio de las idas y venidas en las que estaba mi cerebro, me vino a la mente un pensamiento de Aristófanes, el escritor de comedias griego: "No debes decidir hasta que hayas escuchado lo que ambos tienen que decir". Ya alrededor del siglo V antes de Cristo, Aristófanes daba pautas generales de comportamiento sin saber que serían utilizadas por mortales, mucho menos sabios que él, milenios después.

Era hora de buscar el diálogo con la ministra para estar al tanto de su opinión, ir de lleno a lo personal y saber qué expectativas tenía, si existía alguna, respecto a nosotros. Pensé en este pronombre elegido por mis pensamientos y cierto cosquilleo con temores de formalismo brotó en mis adentros. Esta sensación desapareció cuando las piernas de la ministra volvieron como una imagen atada a la pasión.

Exteriorización

Era consciente de que lo que mejor funcionaba en mi comunicación con el mundo, básicamente, era a través de la escritura. Así que decidí ponerme a volcar todas las sensaciones que me atribulaban a través de esa otra alternativa a la oralidad. "Lo lógico sería escribir a mano, que de mi puño y letra surja con nitidez lo que quiero transmitir", me dije. La respuesta interior, tan necesaria como rápida, no se hizo esperar: recurrir a ello tiene mucho de romántico pero poco de práctico. "El mail es la vía idónea", pensé y sin permitir que se abrieran las puertas a la duda o las dilaciones me lancé a teclear.

Frustración; no tenía la dirección personal de correo electrónico de la ministra, y escribirle a su casilla oficial (.gov) era una osadía para la que no estaba preparado (aún), ni por sus intereses ni por los míos, ni por ella ni por mi.

Volví a mi teléfono móvil y comprobé que el único número que figuraba en el registro de llamadas y no tenía nombre era solamente uno; el de la secretaria de Estado. Lo agendé de inmediato, y de modo formal: Ministra Alicia Oliva, quedó registrado en mi teléfono. Qué alivio, aunque faltaba la comprobación, pero no tenía demasiadas dudas. Igualmente decidí una forma rápida de eliminar dudas; enviaría un mensaje de texto o wasap para tener una respuesta y en base a ello poder aclarar mis dudas. El tono que debía trasmitir debía ser entre cauto y coloquial. Por las dudas. Elegí un sms como modo de comunicación, escribí rápido y lo envié: "Hola estimada. No recuerdo si agendamos reunión para mañana. ¿Me lo puede confirmar *please*?"

Rogué para que la respuesta no demorara demasiado y que efectivamente fuera de Oliva, pero no se produjo hasta un par de horas después, cuando me disponía a ir a descansar, vencido por el sueño y el cansancio producto de un día arduo, poco convencional y emocionalmente denso.

"No agendamos nada, al menos en lo personal. En lo oficial, no lo sé, mi secretaria es quien está al tanto. Buenas noches Guillermo Velasco." La respuesta me tranquilizó. Era el teléfono de la ministra. Pero también me provocó algo de molestia, una ligera sensación de frustración: el "buenas noches" del final del mensaje no dejaba dudas de que el diálogo, al menos por esa noche, estaba terminado. También coloqué en el plato opuesto de la balanza la mención hecha a "lo personal" y el que mencionara mi nombre completo. Esto era un síntoma claro de que la funcionaria con la cartera más importante del gobierno admitía algún tipo de acercamiento y con eso dejaba abierta la puerta a la existencia de otro tipo de comunicación y/o relación más allá de lo oficial. Obviamente, mis elucubraciones eran tendenciosas

Tal vez fuera una mirada algo unilateral y dirigida, lo admití, pero había elementos, sensaciones y señales que guiaban mis especulaciones en ese sentido.

Hice un rápido balance del día, y el no detenerme en nada en concreto —ni siquiera en Oliva— fue el indicio claro de que dormir era lo único que necesitaba mi cuerpo y, más aún, mi congestionada cabeza.

Eran las once de la noche y podría dormir hasta las ocho; nueve horas de sueño reparador me permitirían volver al trabajo y a la rutina con una claridad que extrañaba y necesitaba. Busqué el móvil, lo coloqué en función silencio, y programé el despertador. El ringtone del canto de un gallo —el más detestable de los que existen en los móviles— fue el elegido, por molesto pero a la vez efectivo.

Pese al cansancio, me costó trabajo decantar todo lo vivido, relajarme y poder dedicarme a descansar. "Ay Oliva, que linda eres y cuántas ganas de decirte todas las sensaciones que despiertas en mi", fue el último pensamiento coherente capaz de descifrar antes de adentrarme en las profundidades del sueño. Ahí tuve la extraña sensación de que a partir de ese piso podría comenzar a edificar el sueño de una nueva vida. "¿No te estás apurando demasiado?", me pregunté. No hubo respuesta.

Despertar

El insoportable "cacarear" del despertador me volvió a la vida real, la de la rutina, la de levantarse de la cama, la de tener la mente limpia para enfrentar un nuevo día de trabajo y salir al mundo. Pero la rutina inmediatamente posterior estaba quebrada. Intenté inmediatamente, anticipándome a lo que vendría a mi mente, ubicar a la ministra en un rincón de mis pensamientos, un lugar especial, solo reservado para "cosas" personales importantes, esas que tienen el valor agregado —no impuesto— de proporcionar placer y alegría, además de dejar la puerta abierta a una especie de esperanza.

La ducha, fría primero, caliente después, ayudó a ubicarme en tiempo y lugar. Este sistema, una especie de "ducha escocesa" casera, me sirvió para poder pensar, además, en los siguientes pasos que debía dar, tanto en el periódico como en mi camino con la ministra, un único problema que requería dos soluciones paralelas.

Las prioridades las marcó una llamada al teléfono móvil. "Número desconocido", indicaba la pantalla del aparato. Aún desnudo, cubierto apenas con la toalla, decidí atender con la sospecha de que sería quien yo esperaba que fuera: la ministra. Instantáneamente caí en la cuenta de que a esa hora, ya estarían todas las cartas jugadas, toda la información estaría circulando por las vías que transportan las noticias.

Intenté relajarme. Sabía que debía esperar las reacciones y a medida que fueran surgiendo tendría elementos para planificar y decidir los siguientes pasos. Comencé a notar cierta relajación mental, y eso me ayudó a ver con mayor claridad donde estaba parado, y a analizar desde diferentes ángulos la situación, y los siguientes pasos a dar.

Algo previsto, aunque no deseado, me sacó de mis elucubraciones; el primer llamado de un programa de radio que, curiosa y coincidentemente, provenía de la emisora que todas las mañanas me servía como forma de una puesta a punto con la realidad del país y el mundo. Estaba acostumbrado a la voz de su conductor, con quien mantenía cada día una especie de diálogo o discusiones imaginarios por algún tema de actualidad, de los tantos que lleva a su mesa de trabajo y a sus micrófonos.

"Buenos días, lo llamamos de Radio Cuatro, del programa La Mañana", me dijo con tono amable y voz de radio quien se presentó como "uno de los productores" del ciclo.

Eran poco más de las ocho cuando la dualidad teléfono—radio me llevó a escuchar el monólogo diario del periodista que, como tantos días, giraba en torno a un clásico: las diferencias entre oficialismo y oposición respecto de cualquier tema. Ese día, la reforma laboral impulsada por el gobierno, dividía las aguas en el Congreso. Mientras escuchaba el editorial, cargado de críticas —justificadas— a la clase política en general, intentaba hilvanar lo que sería en pocos segundos mi *speach* en vivo y al aire. Me obligué a pensar qué hacer para que no me temblara la voz cuando el conductor radial dijera, por fin, que estaba en contacto con su entrevistado y lanzara su pregunta inicial: esa de romper el hielo tras una breve presentación apoyada en un currículum mínimo. El ejercicio mental tenía un objetivo claro, no moverme de la "novela" inventada, ser muy cuidadoso al responder cada pregunta y tratar de no comprometerme con demasiadas explicaciones y detalles.

Además, le dejé claro a la producción del programa y me aseguré de recalcarlo, que tenía muy pocos minutos para salir al aire, que otras obligaciones urgentes me requerían.

La ministra, su imagen y su cargo debían ser salvaguardados. Esto también implicaba, de alguna manera egoísta, que mi profesionalismo no sería cuestionado. Tenía impulsos crecientes de cortar el llamado, de oprimir la tentadora imagen de un tubo de teléfono en rojo que mostraba la pantalla de mi móvil, apoyado un una temblorosa y transpirada mano derecha.

La "cortina" musical inmediatamente posterior a la publicidad la conocía. Sabía que en pocos segundos se abriría paso a la voz del conductor, Julio González, y sus palabras tendrían un destinatario, yo, en forma de pregunta. Y se esperaban respuestas, obviamente.

"Estamos con Luis Barrera, quien de alguna manera se convirtió en aquel que todos hoy querríamos ser, el primer periodista que logra entrevistar a la flamante ministra de Economía, y dialogaremos con él para que nos cuente en primera persona qué opina y que sensaciones le dejó su diálogo con la funcionaria sobre las nuevas medidas de *shock* que implantará el gobierno.

"Buenos días Barrera, ¿cuál fue la primera impresión que le causó la ministra, teniendo en cuenta lo delicado del momento y el amplio alcance que tiene para el gobierno y para el país la batería de medidas que se adoptarán, de las cuales apenas conocemos unas pocas de ellas? Las que esbozó usted hoy en la entrevista publicada en Objetivo", lanzó mi colega radial.

En ese momento volví a la realidad paralela que había inventado —y que a cada paso tenía más visos de verosímil— para responder las inquietudes de mi interlocutor. "En primer lugar, creo que el presidente estuvo acertado en la reestructura y en el momento elegido por su Ejecutivo, particularmente en la designación de Alicia Oliva a la cabeza del padre de todos los ministerios hoy, el de Economía. Un segundo hecho, que no pasa desapercibido, es el desgaste que venía sufriendo en las últimas semanas su antecesor". El punto y la pausa fueron entendidos por González, quien inmediatamente se lanzó a escarbar en busca de más información, mientras del otro lado del teléfono yo rogaba para que se acelerara la entrevista y pudiera ponerle punto final.

"¿Se habló en algún momento, o la ministra dejó traslucir alguna señal de un posible congelamiento de depósitos bancarios a partir de alguna franja, de alguna cantidad específica de fondos?", consultó González.

Este era uno de los temas más delicados que sobrevolaba al gobierno en las últimas semanas, y fue uno de los puntos dejados de lado —exprofeso— en mi artículo, debido a su importancia —crucial— y que, justamente por su delicadeza, hubiera sido un grave error inventar para abordarlo. "Algo de cordura queda en mi", me dije.

Descarté de plano el núcleo de la consulta de González y me explayé sobre el tema hablando sobre ese tipo de medidas adoptadas en el pasado por algunos países latinoamericanos, decisiones que, finalmente, resultaron más efectistas que efectivas.

"No específicamente, supongo que una medida de ese tipo exige un anuncio que requiere otras formalidades, otros canales de comunicación, otra puesta en escena", fue la explicación dada a mi interlocutor. Antes de que González tuviera oportunidad de repreguntar me apresuré a advertirle —con agradecidos pedidos de disculpas— que debía cortar la comunicación porque me reclamaban desde el periódico. Lo entendió, me saludó cordialmente y agradeció mi aporte al programa que, aunque breve, le sirvió como punto de partida para un comentario editorial sobre la actualidad política y económica del país, además del impacto que tendrían las medidas.

Una sensación extraña se apoderó de mi al comprobar como una fantasía comenzaba a crecer, avanzaba y me tenía en el centro de su creación y desarrollo. Realidad y ficción se superponían y era hora de hacerlas coincidir en un relato único y verosímil. Ahí estaba mi inmediato objetivo.

La entrevista radial se constituyó en una especie de punto de inflexión. Tenía dos opciones: era hora de decidir si me autoconvencía del invento, la salida más cómoda (si es que alguna otorgaba esa posibilidad), o si buscaba alternativas, caminos que desembocaran en la realidad, en la verdad sobre todo lo ocurrido, lo inventado y lo escondido. Ninguna de ellas me convencía, pero la dinámica de los hechos inclinó la balanza por la primera opción. "Allá vamos", me dije, sin saber dónde estaba ese "allá" ni cual era el camino que debía tomar. Opté, finalmente, por la solución que, de algún modo, dejaba todas las opciones abiertas: dejarme llevar, improvisar.

Necesitaba música y sabía qué música y que voz quería escuchar: Chiara Civello. Hizo efecto. Una sola canción, Metti una sera a cena, me centró, me volvió al aquí y ahora. La música siempre provocó en mi los efectos buscados, consciente o inconscientemente, una especie de liberación y de "limpieza" mental; de poner orden, de centrar y acomodar ideas como se acomodan las notas musicales de una canción.

La calidez de la voz de la cantante italiana cerró el paréntesis del entrevero mental en que me encontraba y me llevó a tomar la decisión que no podía esperar más. "Ni un paso atrás", me dije y puse toda la energía en seguir el camino autoimpuesto, a sabiendas de que era transitar como equilibrista por el delgado hilo que comenzó en una mentira y se encaminaba a un destino que era una incógnita.

Capítulo 3

Cuando a través de distintos medios comenzó el bombardeo de información sobre la crisis política y económica ya en desarrollo, me planteé ser solamente un espectador, dejar todo librado a lo que pudieran publicar mis colegas y a lo que pudieran declarar los políticos que fueran consultados. Básicamente, debía quedar "en reposo" de edición.

Pero faltaba tener alguna certeza sobre lo que podría decir —si era consultada, que, daba por seguro lo sería— la ministra Oliva. Me planteé llamarla por teléfono, pero un extraño miedo a su posible reacción negativa me detuvo inmediatamente. Le mando un mail, me dije, y me fui inmediatamente del sillón al escritorio. "Qué falta le hace una limpieza a esta casa", me dije. Pero no era momento para dedicarme al aseo hogareño, aunque, tal vez, podría ser una buena terapia para despejar pensamientos acosadores. Como sea, será en otro momento. "Vamos a lo que vamos", me dije y me senté frente al ordenador.

"Estimada Oliva: espero poder perder esta costumbre de recurrir a usted para solucionar situaciones en las que solo no puedo salir y en las que, asumo que por mi única responsabilidad, está usted en el centro. Le ruego que si hace algún tipo de declaración sea tan amable de continuar la línea por mi expuesta, de la cual usted está al tanto. Este pedido obedece a que varios de mis colegas me comunicaron sus intenciones de llamarla para que usted ratifique o corrija las declaraciones publicadas en Objetivo. Con esto sumo otro gran favor de su parte para con mi trabajo, hecho que no olvidaré y agradeceré personalmente cuando usted disponga de tiempo y esté dispuesta a concretar una cita conmigo. Debo pedir disculpas por no tener la valentía —y seguramente locuacidad— de llamarla por teléfono para solicitarle este tipo de colaboración, pero mi cabeza está en desequilibrio por interferencias que no son políticas, sino personales y pasionales, situación que usted comprenderá y, espero, adhiera". No releí el mail y me apresuré a presionar la tecla *send* antes de que surgiera cualquier atisbo de arrepentimiento.

Esto me proporcionó cierto alivio. Al menos había puesto en funcionamiento, aunque de forma vaga, una estrategia que me permitiría salir airoso de la trampa en la que solo yo había me había colocado.

Perder un poco de los temores iniciales me trasladó inmediatamente a las piernas cruzadas de la ministra. Cuánto me gustan, me dije, y cerré los ojos para volver a ellas. "Qué infantil soy", me censuré, pero las piernas seguían ahí, y de infantil no tenían nada.

Lo personal seguía ahí —y las extremidades de la funcionaria también— aparcado, esperando algún tipo de señal. Pensé un segundo, volví atrás, y me reí de mi mismo por definir como "relación" mi *affaire* fugaz y casto con la ministra.

Pretendía volver a la rutina sin conseguirlo.

Una visita al gimnasio ayudaría a pasar por el cernidor todo lo que daba vueltas por mi cabeza.

Preparé la ropa de deportes —para entonces hacía un par de meses que no la usaba— y me encaminé hacia el centro atlético, que estaba a poco más de quinientos metros de mi apartamento. En el camino me propuse ser contemplativo conmigo mismo, no castigarme demasiado y, además, dar rienda suelta a mis impulsos personales sin dejar de atender mis obligaciones profesionales. Después de todo, la improvisada novela en que transcurría mi vida real era absolutamente concordante con la historia plagiada. "Paralela", me corregí. Tiene mejor prensa que plagiada, pensé.

Llamó mi atención el saludo de quien estaba en la cabina donde se chequea el ingreso de socios. "Bienvenido nuevamente al club, señor", me dijo, acompañado de un gesto militar de venia, el conserje uniformado con indumentaria de cuerpo de seguridad privado. Su actitud me hizo sentir que era realmente bienvenido y que no hacía tanto tiempo que estaba alejado de ese sitio.

Busqué mi casillero, había elegido el 013 cuando me asocié un par de años antes, y me dispuse al cambio de ropa. Estaba solo en el amplio y húmedo vestuario.

Apenas vestido con la ropa deportiva recorrí el largo corredor hasta el gimnasio con la idea, ya decidida de antemano, de ir directamente a la bicicleta estática, para seguir luego en la cinta de caminar. Mi idea era realizar un poco de ejercicio liviano, sin demasiadas exigencias. Necesitaba airear mi ser.

Saludé a los pocos socios que me crucé y me dispuse a pedalear. Fui subiendo la intensidad del esfuerzo y me obligué a hacer media hora, sin interrupciones, de bicicleta fija. El esfuerzo físico no lograba doblegar al mental y el desorden seguía ahí, en mi parte más alta. Tenía la sensación de tener un sombrero que no dejaba salir de mi cabeza lo que me atormentaba y confundía. Me rendí y resolví abandonar el gimnasio. De regreso a casa, inesperadamente, el caos cerebral comenzó a analizar alternativas. Al menos comenzaba a funcionar mi "yo", el que conocía y que era capaz de encontrar soluciones rápidas a problemas de las características que fueren.

La primera medida, apenas en casa, fue entregarme a un baño reparador para luego darme una buena

"paliza" de música, a volumen alto, con la egoísta y cómoda decisión —aunque a la vez responsable— de escuchar con auriculares y no molestar a los vecinos del edificio. Barry White, un ícono de la segunda mitad del siglo pasado, siempre cumple y acomoda todo lo que da vueltas por mi cabeza, sean alegrías o tristezas, íntimas o públicas. Todo comenzó a encontrar su lugar, físico y mental.

Regreso a la vida

Finalmente, logré centrarme y me enfoqué en recuperar el tiempo perdido. Llamé por teléfono al periódico y mientras esperaba que atendieran para hablar con mi editor, cambié la idea inicial y decidí pedir que me comunicaran con la sección Deportes. Necesitaba salir urgentemente de los temas laborales y la posibilidad la tenía en esa sección: en ella trabajaba mi mejor amigo, sostén de mis tiempos bajos, problemáticos de la más variada índole, aunque también vivimos episodios de divertida complicidad.

Luis Barrera, de él se trata, atendió mi llamado rápidamente, aunque sorprendido porque no tenía noticias mías desde un par de días antes, cuando decidí enclaustrarme hasta que pasara la tormenta

"Ministra".

Escuetamente lo puse al tanto de todo lo acontecido, en líneas generales, y dejé los detalles para un siguiente y cercano encuentro. "¿Qué tal si vamos a comer juntos mañana? Unos buenos bifes o un buen asado nos vendrían bien", fue mi pregunta—sugerencia— invitación a sabiendas de que la respuesta sería afirmativa. Y lo fue: "Perfecto, arreglamos los detalles por wasap, hora y lugar… aunque el lugar creo que es obvio para los dos; vamos a La Bodega". ¿Ok?, preguntó Luis.

"Ok padre, nos comunicamos esta noche y cerramos la cumbre. Un abrazo Luigi". Nos despedimos y me sentí aliviado, comenzaba a volver a mi vida, a la real. El llamarlo "padre" era una forma de transmitirle, desde siempre, lo importante que era para mi.

Tan real era ese volver a ser yo que hasta pude escuchar el sonido de un teléfono, el mío, que me sacó del estado de evasión en que había caído.

El número que figuraba en la pantalla de mi móvil ocupaba toda la capacidad que tiene el display para mostrar el origen de la llamada entrante. "Algo me quieren vender", me dije, acostumbrado a que cuando aparecían este tipo de llamados eran siempre de algún call center que, a través de un operador que no escucha ni hace pausas en su verso aprendido a través de un curso rápido de marketing de segunda, me ofrecía ser feliz con una plan de telefonía y televisión completo. "Solo debe decir es hora de tomar una inteligente decisión para disfrutar a pleno de todo lo que le ofrece este servicio exclusivo", suelen recitar.

Ahí me detuve y caí en la cuenta de que solo mi entrevero mental me llevaba más allá de los límites de la cordura.

Tras esos segundos en que armé la micropelícula del llamado, me quedé inmóvil con el objetivo visual puesto en el teléfono móvil. Finalmente dejó de sonar, volvió el silencio y me dispuse a ver la actualidad informativa en los periódicos online. Nada nuevo reseñable.

El "tin" —sonido clásico que indicaba el ingreso de un wasap o tráfico en el móvil— interrumpió mi búsqueda y lectura noticiosa para anunciarme que tenía un mensaje. Remitente, Oliva: "Hola señor. Llamé para hablar algo con usted pero no respondió. Si pudiéramos comunicarnos me alegraría. Saludos." No lo sabía hasta ese momento (o sí) pero era la comunicación que más esperaba, la única que realmente me importaba. ¿Qué hago? Sencillo, me dejo llevar. No, me dije. En ese momento hice lo que haría cualquiera en un situación similar —me contuve para no mostrar ansiedad o urgencia— y del otro lado del teléfono, con seguridad, la interlocutora se imaginaría la realidad y la estrategia masculina.

No me importó. Había dejado algunas cosas pendientes, como colgar ropa que ya llevaba un rato en la quieta y silenciosa lavadora, al punto que la alarma había dejado de sonar, y me puse manos a la obra. Di una vuelta por el departamento y estaba todo en orden; mi momento "ama de casa" llegaba a su fin. Me quedaba sin excusas para hacer la llamada que estaba deseoso de hacer, aunque disimulaba.

Miré el móvil, estacionado sobre el escritorio, y llamé: "Estimada señora ministra, ¿cómo le va?", dije y apenas escuché la voz de Oliva tuve una agradable y placentera sensación; alivio.

Hicimos un repaso rápido de la movida y cambiante actualidad política y social como una forma de acuerdo tácito para evitar temas más íntimos y personales.

No me molestaba —podría asegurar que el plural estaría más cercano a la realidad— encaminarme rápidamente a cuestiones de carácter más intimista. Y tuve la prueba inmediatamente. Nos soltamos, dejamos fluir nuestros estados de ánimo, y eso derivó en honestas y sinceras declaraciones sobre las necesidades y ganas de estar juntos en ese momento. Encontramos en el diálogo personal un salvoconducto no programado pero sí buscado, el de alejar cuestiones políticas y profesionales que, en esos momentos, sacudían el panorama gubernamental por un lado y, por otro, sus repercusiones en los medios. "La vida es muy dinámica, dejemos fluir", fue la receta/desafío que sugirió la mujer que habitaba el centro de mis fantasías, cada vez más cerca de dar un paso para transformarse en realidad.

La conversación, de un modo natural e improvisado por parte de los dos interlocutores, fue subiendo de tono; cada escalón del diálogo superaba al precedente en intenciones, en detalles y en intimidad. Nos entregamos a un juego del que no éramos conscientes hacia donde nos llevaría, en qué desembocaría, solamente nos dedicamos a disfrutar el camino que íbamos trazando, sabiendo que alimentaba y provocaba fantasías y sensaciones en el otro.

No sin esfuerzo intenté abrir un paréntesis antes que el intercambio de placeres acotados al teléfono se saliera de cauce. Inventé una consulta urgente del periódico a través de Internet –"el ordenador no para de mostrarme chats que debo responder urgentemente", dije— y surtió efecto. Nos despedimos rápidamente con el compromiso de volver a comunicarnos ("please, lo antes posible", susurró Oliva, que a cada momento me parecía más seductora) para seguir conversando sobre "nosotros". El beso con que se despidió, la forma de pronunciar la palabra y estirar una e que me estremeció hasta hacerme perder de vista a la señora encargada de la Economía del país, hizo aparecer ante mis ojos cerrados la imagen de una muy atractiva y seductora mujer. Cerré el paréntesis y llamé por teléfono al periódico.

Capítulo 4

Jugué al anticipo y me comuniqué con Aleson. Habíamos acordado en el chat minutos antes, que debíamos depurar un artículo que sería la base del editorial del diario del día siguiente.

Lo primero en que pensé fue en buscar alguna forma de romper el hielo recurriendo a una broma, porque sabía que me iba a presionar y a exigir, a la vez, material para la versión web de Objetivo. Mi concentración, además, no pasaba por un buen momento. "¿Sabes lo que me sucedió cuando le pedí a la ministra Oliva que me diera su número de teléfono, el personal, por si tenía que efectuar alguna consulta fuera de sus horarios en el gobierno? Me dijo que podía darme una estimación". Causó poco impacto, en principio, pero luego Aleson admitió que la broma económica sobre la inflación tenía su costado gracioso. Ahí caí en la cuenta de que había acordado con Luis, sin detalles, ir a cenar juntos. Revisé los mensajes de wasap en el móvil y comprobé que tenía un par de líneas de Luis. "Vamos a La Dorita, a las nueve y media nos encontramos ahí", rezaba el último. Le di el ok pensando en que me liberaría del periódico a las nueve y que en media hora —más o menos— podría llegar al restaurante. La imagen, y el apetito creciente, de una tira de asado compartida con mi amigo del alma, fueron capaces de desplazar a Oliva, al menos momentáneamente, de mis pensamientos.

Pero Aleson me recordó, en un acto extrañamente paternal y comprensivo, que todavía estaba en la Redacción. Apuré el teclado y rápidamente llegué a la cantidad de palabras que me había pedido para la portada del diario. Le avisé que el breve artículo estaba concluido y, en una señal inequívoca de que todo estaba en orden, hizo el típico gesto de ok con su pulgar de la mano derecha. Le respondí en el mismo idioma universal.

Sin perder tiempo le envié un mensaje a Luis: "Llego tarde, pero llego, no desespere y beba una cerveza mientras me espera. Ya tomo un taxi para ahí". "Ok querido", fue su rápida respuesta. No solía llegar tarde a mis citas, salvo por las obligaciones inesperadas que podían surgir en el diario.

Salí del edificio del periódico y no demoré en encontrar un taxi. Sabía, como era costumbre, que irremediablemente comenzaría un diálogo con el chofer sobre los temas habituales en esas circunstancias: política, economía y fútbol, aunque también solía colarse en el intercambio alguna anécdota u opinión sobre alguna, o todas, las mujeres y cómo es la inter relación entre ellas y nosotros.

Me tentaba la posibilidad de contar mi historia verdadera con una mujer a quien, sin dudas, el taxista conocía. Esta circunstancia me provocó una leve sonrisa. Y me imprimió un nuevo incremento de autoestima, que disfruté en silencio.

Son pocas las situaciones que despiertan y provocan una especie de "alegría alcista" en un hombre, como el conseguir una nueva conquista, hecho que también — hoy— se debe manejar con cuidado y diplomacia para no caer en actitudes que pueden generar problemas con trasfondo de género o directamente acusaciones de machismo.

La corrección política quita, en general, espontaneidad y frescura, y en el vínculo hombre—mujer (el orden es solo alfabético) el dejar fluir debe ser el eje sobre el cual construir una relación, sea pasajera o con visos de futuro.

"Llegamos", fue la palabra que me apartó de mis elucubraciones. Pagué el taxi, bajé y me dirigí a la ochava (recurso urbanístico denominado chaflán en España) donde ya se podía oler el inconfundible y típico aroma de la parrilla rioplatense. Entré al restaurante y no demoré en tener contacto visual con Luis; había elegido una de las mesas en la que en más oportunidades habíamos comido. Nos abrazamos, nos dijimos las tonterías acostumbradas en cada ocasión en que nos veíamos, y nos sentamos, dispuestos a aprovechar la velada para ponernos al día sobre nuestras vidas, proyectos y frustraciones. Una puesta al día de amigos de muchos años y mucha historia en común.

Obviamente, el tema al que dedicamos el "prólogo" de nuestro encuentro, tenía matices políticos aunque con raíces personales; o a la inversa.

Luis, obviamente, quería detalles, y no tuve reparos en proporcionárselos y abrirme a lo que quisiera preguntar, a aclararle las dudas que pudiera tener.

"¡Qué hijo de puta!" fue la primera, esperada y lógica reacción, un amistoso insulto utilizado en el Río de la Plata solamente entre quienes la confianza es plena. Desde que mi vida comenzó a transcurrir entre Uruguay, Argentina y España, adquirí el automatismo comunicacional de explicar o "traducir" términos o dichos que, según el país en que estuviera, podían no transmitir claridad en el diálogo. La comunicación entre uno y otro sitio tampoco se limitaba a lo presencial; todas las vías y avances tecnológicos volvieron más fluido el diálogo.

Mi interlocutor mostraba una gran avidez por la historia "rosa" y no dejaba de preguntar cada vez que consideraba que se le escapaba, o que —sospechaba— yo escondía, algún detalle.

La conversación, el monólogo en realidad, fue interrumpido por el mozo (o camarero, me dije pensando en España) que nos interrumpió para saber qué menú pediríamos. No teníamos duda, sabíamos de las coincidencias: chorizos, asado de tira y ensalada mixta. Vino y agua sin gas para beber. Y pan, que ya lo imaginaba impregnado del condimento a base de ajo y perejil perfecto para la carne, el rioplatense "chimichurri", que reposaba en el centro de la mesa.

El nivel de confianza y mutuo conocimiento que fuimos construyendo a lo largo de los años con Luis, me permitía abrirme sin tapujos, desvestir mis secretos y aventuras ante él.

El condimento central de la historia era, lógicamente, la importancia política y social de la protagonista, que tenía mayor peso por ser quien era a nivel público, más que por ser una nueva conquista. "¿Esto será políticamente correcto o será micromachismo?", me cuestioné. Pero me dejé sin respuesta, ya habría tiempo de valoraciones.

Tracé un repaso no demasiado pormenorizado del affaire —hay detalles que por respeto a la otra persona, considero, no deben airearse ante un tercero— mientras Luis escuchaba, en silencio y ojos tan abiertos como sorprendidos. Me transmitió su alegría, que separó en dos vertientes, la personal y la profesional, en ese orden, y admitió que le costaba creer que fuera capaz de semejante osadía como la de publicar la entrevista inventada.

El almuerzo transcurrió por los carriles acostumbrados, contarnos la cotidianeidad de nuestras vidas, un poco de política —extra ministra— una pizca de fútbol, y avatares del trabajo periodístico que nos incumbía a ambos. Pero inevitablemente caímos en el eje central del encuentro y a partir de ahí nos retroalimentamos fantasías posibles, de todo tipo. Desde un futuro en el gobierno de turno, hasta la posibilidad de "consorte" de una posible embajadora antes ministra de Economía.

La posibilidad de que Oliva fuera designada como representante diplomática del país en un destino no determinado, había cobrado fuerza en las últimas semanas y esto, que hasta ese momento no me había despertado interés, comenzó a mover mi fuero interno y a despertar una incertidumbre que no conocía. Se lo transmití a Luis y lo acompañé con una serie de dudas sobre las que necesitaba su opinión.

¿Miedo a que se terminara el creciente romance? Seguramente sí. ¿Posible presión —aunque natural y lógica— para tomar una decisión? Tal vez. ¿Estaba dispuesto (y Oliva dispuesta) a emprender una aventura de perfiles diplomáticos juntos? Mi mitad de respuesta tenía dudas. De todas formas, hasta ese momento solamente eran elucubraciones en las que estaba solo yo y que, ahora, conocía y me ayudaría a desentrañar mi amigo.

Esa era mi percepción de la situación hasta que Luis colocó las cosas en su lugar, que no era otro que un cúmulo de especulaciones y supuestos.

"Creo que deberías mirar las cosas con calma, ver dónde estás parado, y como dice un gran director técnico de fútbol ir partido a partido, en tu caso paso a paso", fue el razonable resumen—consejo de mi amigo. Asentí con la cabeza y admití que tenía razón.

Continuamos el diálogo por otros varios caminos hasta que el camarero nos recordó con una palabra que ya habíamos consumido nuestros menús. "¿Café?", preguntó. "Sí por favor, dos, uno largo con dos de azúcar y la cuenta", fue mi respuesta.

Salimos de "La Dorita" y el aire tranquilo de la tarde nos obligó a detenernos, a llenar los pulmones en un extenso gesto de bienestar y comodidad en que los dos coincidimos mirando al cielo. "Esto es vida", dijo Luis. Asentí. Tenía razón, ese momento era uno de esos en que uno se encuentra pleno, en general, que ni siquiera es necesario cuestionarse si falta algo o sobra algo capaz de modificar esa sensación de bienestar. Plenitud que, aunque parezca contradictorio, es parcial, porque ese momento es finito, tiene fecha y hora de caducidad.

Luis había acudido a la cita en su auto, que lo esperaba estacionado a unos pocos metros. "¿Te llevo. A dónde vas?" fue la pregunta para que la cual no demoró la respuesta. "No, gracias Luigi, necesito caminar. Eso ayuda a poner en orden, o al menos intentarlo, el despelote que tengo en mi cabeza". Nos abrazamos, nos despedimos y, como siempre, cerramos el encuentro con la promesa de no extender demasiado el plazo para un nuevo encuentro.

Caminar y pensar

Lentamente comencé a caminar hasta que caí en la cuenta de que estaba en dirección a ninguna parte. Corregí el GPS mental y tracé un factible recorrido a casa. Estaba lejos, pero no me importaba. A cada paso sumaba alternativas para elaborar un "borrador" sobre los siguientes movimientos a dar, lo que significaba más carga para mi ya abrumada capacidad de analizar y decidir sobre mi vida inmediata.

Mis expectativas de aclarar algo en el encuentro con Luis chocaron con la lógica de la situación; le planteé solamente hipótesis ante la falta de seguridades —o fundamentalmente información concreta— que solamente podía ofrecer la otra parte en cuestión, la ministra. No me complacía del todo llamar "ministra" a Oliva cuando me refería a ella en el plano más personal, pero tampoco me convencía recurrir a su nombre de pila, Alicia. Siempre tuve una especie de conflicto interno a la hora de llamar por su nombre a personas con quienes me unía algún tipo de relación, familiar, amistosa, sentimental o profesional. Escapaba al nombre y siempre encontraba una manera diferente de llamarlas.

Como la caminata iba a ser extensa, saqué los auriculares de mi bolsillo (que siempre me acompañaban), los enchufé en el teléfono móvil y me dispuse a transitar mi camino escuchando alguno de los muchos programas políticos y de actualidad que se transmitían a esa hora, momento de un tardío post almuerzo.

La monotonía de una de las habituales discusiones radiales en torno a la política del momento transcurrió sin sorpresas mientras yo avanzaba a paso rápido rumbo a casa. De pronto, ese gris de las voces que hablaban sin decir nada que me interesara se quebró cuando un nombre puso interés y entidad a los comentarios: mencionaron a Alicia Oliva.

"Fuentes del gobierno acaban de confirmar a la prensa que la ex ministra de Economía, Alicia Oliva, será la nueva embajadora de Argentina en España", escuché, como confirmación de las recurrentes sospechas y versiones en torno a la ex ministra.

Mis expectativas y una creciente ansiedad comenzaron a dispararse. ¿Qué se hace en estos casos? Me cuestioné. Nada, me tranquilicé, solo esperar y tener paciencia hasta que haya una comunicación "oficial" pero, por sobre todo, personal de Oliva. También se debe ser ubicado y realista, fue la auto advertencia que me surgió cuando me percaté de que mi mente ya comenzaba a elaborar un sinfín de elucubraciones, especulaciones, idas y vueltas.

Llegué a casa, finalmente, tras varios rodeos y vueltas sin sentido —aunque sí tenían el objetivo de extender mi camino y dilatar el arribo— como forma de distraerme y ordenar pensamientos.

"¿Se enteró usted que quien le envía un mensaje para invitarlo a cenar esta noche es la nueva embajadora del país en España? RSVP", fue el personal y a la vez diplomático wasap recibido desde el usuario

"Ministra".

"Acabo de enterarme, no me dio tiempo de llamarla por teléfono para darle mis más sinceras felicitaciones, señora ministra. Espero instrucciones para la cena que, espero, se mantenga en el más absoluto de los silencios y que involucre solamente a los dos protagonistas interesados, usted y yo. Atte".

Decidí optar por el mensaje escrito, más que por la llamada telefónica, como forma de agregar una nueva dosis de contención, de mantener distancia, de aguardar hasta el encuentro físico para dejar salir las emociones contenidas.

Cruzamos mensajes y acordamos encontrarnos para cenar. "Será en casa, a las diez. Sorpréndame con el postre. Del resto me encargo yo. Y de trabajo no se habla. No espere algún *off the record*. No lo habrá. No quiero distracciones, hoy solo necesito atenciones", fue el claro, rimado y organizador epílogo del mensaje que sirvió de prólogo al encuentro programado. Me pareció más seductor que autoritario, pese al "Será" del inicio de la comunicación.

Oliva me hacía sentir bien, cada contacto, cada cruce de palabras me aportaba un bienestar físico, mental y emocional que no me había ocurrido antes. Nunca en 52 años. Me propuse disfrutarlo. Cada contacto, sin importar del tipo que fuere, en persona, por teléfono o por mensajes, indefectiblemente me dejaba restos de placer. Recorrían todo mi cuerpo y me instalaban en un mundo perfecto, equilibrado y disfrutable.

Efectué un rastreo rápido de diarios y medios de noticias y no encontré información relevante. Esto me liberó de mi trabajo y lo hizo más aún un llamado a Aleson, en el que tras pasar revista a los principales titulares del día le puso fin con un amistoso consejo: "Vaya a descansar o a divertirse. Su compromiso de la jornada con el periódico está cumplido".

No vacilé, y di por cerrado el capítulo de las obligaciones. En ese instante comenzaba otro, el de los postres, y ya tenía en mente el primero, el que yo llevaría, mientras el otro —el que realmente me interesaba— estaría esperándome.

Una tarta de chocolate clásica, con varias versiones del más goloso de este alimento descubierto por los aztecas —en crema, pasta y polvo— se me antojó como lo más indicado para la ocasión. Existía una confitería cerca de mi casa de la que era cliente habitual y sabía que esa tarta era una garantía de buen gusto. "Le tiene que gustar el chocolate, no existe ser en el mundo que se resista a él", pensé justificando, además, que debía ser parte de su perfección. También tiene algo de afrodisíaco. Recordé que el cacao y los ajíes, volviendo a los indios mexicanos, proporcionaban un alto grado de energía por el contenido de compuestos químicos neurotransmisores. ¿Pensaba explicarle esto a Oliva? No.

Fui hasta la confitería, miré todo lo expuesto y elegí lo que consideré la mejor tarta de chocolate: sobria, tentadora y de un tamaño generoso para dos. Volví a casa, y coloqué el dulce paquete —para no olvidarme— en la pequeña mesita ubicada al lado de la puerta de casa. Regresé al escritorio, a mi lugar de trabajo.

Intenté, sin suerte, leer una serie de artículos que tenía preparados como base para una entrevista a un empresario del sector financiero. Pero la concentración era esquiva. Lo malo de esa situación era que me estaba acostumbrando a mis divagues, a conciencia de que jugaba con una herramienta central para desempeñar mi labor. Eran las seis de la tarde, faltaba que el minutero del reloj diera cuatro lentos y circulares recorridos completos para que se produjera lo que llevaba esperando desde hacía varios días.

¿Cuántos? No sé, me parecían una eternidad.

Me preparé un café, encendí el televisor y me dediqué a hacer zapping. Necesitaba algo que me distrajera y ayudara, así, a hacer más llevadero el lento caminar del tiempo. Caí en lo que era una constante cada vez que me sentaba frente al televisor, un canal de noticias.

Nada nuevo grave o todo viejo y sin cambios, sería la descripción de lo que miraba sin interesarme ni distraerme. Apagué el aparato.

Me dispuse a dar vueltas por el apartamento buscando una tarea que hacer, que me entretuviera en realidad, y el lavadero fue el lugar que primero encontré. Tenía ropa para lavar. El lavarropas estaba repleto, solo faltaba colocar la cápsula de jabón, cerrar la puerta (ojo de buey), agregar el suavizante, poner el programa acostumbrado y presionar On. El proceso duraría dos horas quince minutos, por lo que el tendido de las prendas pasaría a ocupar un lugar entre las tareas del día siguiente. "Una cosa menos", me dije. Fui a la biblioteca y busqué algún libro de cuentos o relatos cortos para entretenerme. Encontré una recopilación de notas y análisis publicados por la revista de un periódico y lo di por elegido. Era lo que necesitaba, por tiempo y concentración. Pero luego cambié la decisión, sin demasiado esfuerzo, y logré zambullirme en una serie de cuentos cortos de un gran escritor, el uruguayo Mario Benedetti. Conciliar el sueño, fue el título elegido, que en realidad era un repaso a los sueños con aviones que se le cruzaban al escritor. Volé en uno de ellos hasta que hice escala en la realidad, en el aquí y ahora.

Eran las ocho de la noche y se acercaba la hora de la cita. Imágenes de Oliva —que recorrían desde su ya conocida formalidad ministerial hasta desconocidas intimidades que se aproximaban—, fantasías y una creciente expectativa —envuelta en un erotismo juvenil— conformaban la antesala de la espera.

Siguiente paso, ducha, vestirme y encaminar mis pasos hacia mi aventura ministerial. "¿Seguro que es aventura?", preguntó la parte más racional de mi cerebro. No hubo respuesta.

Hice un cálculo rápido; resultado, saliendo 45 minutos antes, en taxi, estaría a la hora acordada en el sitio convenido.

Tras la ducha, me vestí buscando cierta sobriedad. No pretendía formalidad y sí buscaba una indumentaria que dejara traslucir que esta era una ocasión diferente a la anterior entrevista, en la que el periodista estaba por encima del hombre. Mientras me vestía decidí —una rareza en mi habitual comportamiento y/o costumbre— pasar por alto el noticiero. No quería contaminar el encuentro. Sabía que habría alguna mención a Oliva y prefería no escucharla. Era "otra" Oliva la que iba ganando terreno.

Perfume, en mínima cantidad, y a dar los toques finales a unos preparativos que llegaron a sonrojarme cuando me detuve ante el espejo, que me devolvió la imagen de alguien joven de actitud pero en una etapa de madurez escondida. No hay conflicto, me susurré.

¿Estaba exagerando una situación que, comparada a alguna similar, en otros tiempos hubiera sido una más?, nueva pregunta sin respuesta.

"Vamos", me dije como forma de afianzar una decisión que ya estaba tomada; a la calle. Nada de llamar por teléfono para pedir un taxi; a la vieja usanza, esperar en la calle y levantar el brazo cuando aparezca uno con "bandera" de Libre. No tardó demasiado en aparecer; subí, saludé al chofer, me devolvió el buenas tardes e inmediatamente agregó el clásico y pertinente "¿a dónde vamos?". En ese instante pude comprobar que no tenía la dirección de la casa de mi anfitriona, la ministra. Pedí disculpas al taxista y le expliqué que debía hacer un llamado para corroborar —en realidad averiguar— el lugar de destino.

Llamé, y afortunadamente Oliva no demoró en responder y en facilitarme la calle y número del lugar de nuestro encuentro. "Le envío un wasap con todos los datos, para que le quede constancia escrita del lugar al que seguramente volverá", fue el sugerente mensaje. Disimulé la juvenil ansiedad que me invadía y me despedí con una formalidad notoriamente forzada. Abrí el wasap y ya habían entrado los datos del domicilio, que transmití al paciente taxista. Allá vamos. Aproveché el viaje para repasar las informaciones de última hora, por razones tanto profesionales como personales. No había nada nuevo en el horizonte noticioso cercano y me pregunté cómo sería el comportamiento de una funcionaria de gobierno "fuera de horario". ¿Hablaría con el presidente o con otros ministros del gabinete? ¿O se desenchufaría de las obligaciones gubernamentales? Tan pronto como me realizaba las preguntas, aparecían las respuestas: en poco rato lo podré comprobar.

Buenos Aires tenía el ritmo propio de los viernes al atardecer, mucha gente por todos lados, el tráfico pesado y lento, pero el ánimo de sus habitantes en lo alto, predispuestos al descanso y al esparcimiento que se aproximaba con la puerta abierta del fin de semana. Recordé —y aunque levemente también añoré— viejas épocas en las que apenas subía al taxi encendía un cigarrillo. "¿Le molesta si fumo?", era la pregunta obligada y nunca tuve un "no" como respuesta de los muchos conductores que me llevaron de casa al trabajo y del trabajo a casa. Sin quererlo, y con el cigarrillo como argumento central, comenzamos a conversar con el taxista y sucedió lo que es previsible en cada viaje, un clásico: la derivación de cualquier tipo de diálogo en la situación política del país, y cómo desde la óptica de cada uno surgen varias soluciones para los problemas políticos, ya sean coyunturales o enraizados. Con rápidos análisis y varias soluciones llegamos, por fin, a mi destino. Pagué, bajé del taxi y me encaminé hacia la puerta buscada. Consulté el teléfono y memoricé número y apartamento. En ese momento me cruzó una duda: ¿qué hubiera sucedido si perdía el móvil?

Quedaba en la más absoluta de las ignorancias respecto a Oliva. Hoy, somos tan dependientes de ese aparatito de bolsillo que guarda tanta información sobre nosotros y lo que nos interesa, que su falta nos sumerge en el caos. Y sin ser tan dramáticos, sin perderlo, el solo hecho de quedarnos sin batería ya es un problema en sí mismo y de complicada solución.

Llegué al portal del alto edificio —los timbres marcaban hasta tres decenas de pisos— y busqué el 30 A, la última planta. El portero, más parecido a un botones de hotel que a un conserje, pareció no darse por enterado que alguien (yo) buscaba y tocaba un timbre; permaneció inmóvil con su mirada puesta en el móvil que reposaba sobre su pequeño escritorio. Encontré lo que buscaba y pulsé un breve llamado. Mientras esperaba respuesta pasé revista a alguno de los nombres que figuraban en el conglomerado de timbres y eso me llevó rápidamente a un amigo, Martín, y una peculiaridad mostrada a través de sus páginas en redes sociales: tenía la costumbre de ir mirando, por donde anduviera, los paneles con los nombres de los vecinos de los edificios y, donde hubiera nombres o apellidos extraños, les tomaba una foto que luego colgaba en su sitio de Twitter.

El ansiado "hola" de la conocida y sensual voz de mi anfitriona me sacó de todos los recuerdos y me reinstaló en el portal de su casa. "Hola estimada, soy su invitado, que espera salvoconducto para reunirse con usted". La respuesta no decepcionó: "El postre es bienvenido, usted sabe que el dulce es el requisito que debe primar". En ese momento asumí la responsabilidad y me cayó encima todo el peso de quien se encaminaba a decepcionar o, en el mejor de los casos, a asumir un error agravado por la circunstancia de la primera vez.

Había olvidado el postre, convertido en centro del encuentro en ese diálogo, en mi casa.

Intenté quitar peso a la situación y pensar con lógica, la salida no era tan complicada. Podía comprar algún postre en algún comercio de la zona. Aún era temprano. Mientras elucubraba cómo salvar el momento, la puerta del edificio se abrió, entré, y saludé con un buenas noches al guardián somnoliento. Tras la devolución de cortesía me indicó que el ascensor de la derecha me llevaría al piso 30. ¿Cómo sabía a qué piso iba?, me pregunté, y dejé la respuesta en suspenso, no era importante.

Transité el mullido y bien iluminado pasillo hasta el ascensor que me esperaba con la puerta abierta; ingresé y marqué el 30 para iniciar un viaje vertical que duró unos pocos segundos. La impersonal voz femenina grabada me indicó que concluía el viaje: "Está usted en el piso treinta", escuché. "¿Me esperará en la puerta del ascensor?", pensé. No, me respondí. Y, para mi alegría, me equivoqué.

La puerta se abrió y ahí estaba, toda ella, exultante y con una sonrisa que competía por iluminar más que la luz y la alegría que transmitían sus ojos. Nos miramos, y nerviosa y torpemente intentamos saludarnos sin saber cómo: estrecharnos la mano, darnos un beso en la mejilla, o solamente decirnos hola. Dos adolescentes se hubieran saludado de forma más natural. Finalmente nos dimos la mano mirándonos fijamente a los ojos, e inmediatamente Oliva hizo un ademán para indicarme el camino hacia su apartamento. "Cuánto me fijo en los ojos y cuánta importancia le asigno", pensé, mientras seguía el movimiento que surgía en cada paso de la curvilínea figura de la funcionaria del gobierno. La visión, desde ese otra perspectiva, encajaba perfectamente con la que tenía de su frente.

La puerta del apartamento estaba entornada. La empujó suavemente y guiado por la estela de su perfume seguí sus pasos. Entramos y la puerta se cerró. "Pongámonos cómodos", fue la primera sugerencia— invitación. Me quité el blazer y rápidamente, con estilo y gesto afable, la señora de la casa extendió su mano derecha, tomó el abrigo y lo colgó en un perchero al costado de la puerta de entrada. Me invitó a ponerme cómodo.

Tras un rápido reconocimiento visual del lugar me senté en uno de los dos sofás individuales. Experimenté la sensación de estar en una primera cita, las del estilo de cuando uno es adolescente. Intenté que no se notara, sabiendo, también, que me quedaría con la duda.

Oliva se sentó en el más grande de los tres sofás que, junto con el que yo estaba, formaban un ángulo recto. La primera "prueba" de fuego para mi obligado comportamiento de paciente caballero, fue mirarla a la cara mientras se sentaba y cruzaba sus piernas, foco principal de la atracción que ya había despertado en mi cuando la conocí.

En un juego de cuatro figuras, dos cuadradas y dos rectangulares, que conformaban una especie de mesa de living, estaba dispuesta una bandeja, con dos copas, y una jarra de agua.

Espontánea, diplomática y cómoda, Oliva me preguntó qué tal había sido mi jornada mientras su mirada iba de un lado a otro como forma de tener todo bajo control y, de a poco, ir transformando el ambiente para un encuentro distendido. Buscaba su comodidad y la mía. Después de todo se había llegado a ese punto —y con expectativas de avanzar hasta la siguiente casilla— de un común acuerdo tácito. Todo lo visto desde mi óptica y mis objetivos, en este caso, pasaba del singular "yo" al plural "nosotros" con una rapidez tan asombrosa como unilateral.

Serví agua en las dos copas, sin levantarme, y le ofrecí una. La tomó, pero el contacto esperado de su mano con la mía no se produjo. "¿Una copa? ¿Whisky?

¿Vino? ¿Cerveza?", preguntó. "Luego, ahora con el agua está bien", respondí y me acomodé mejor en el sillón.

Repasamos los sucesos del día, tanto políticos como económicos, sin adentrarnos demasiado en alguno de los muchos temas que estaban en la agenda diaria del gobierno. Mi yo periodista, a esa altura de los acontecimientos, había abandonado completamente cualquier interés en encaminar el encuentro y la conversación hacia lo profesional. Me había tomado el día libre y únicamente pensaba dedicarme a lo personal. La confirmación se apoyaba en lo lejos que estaba de las rotativas del diario, y lo cerca que me encontraba en ese preciso instante de mi gran conquista, aunque aún en ciernes.

Además, tenía la certeza de que con mi trabajo de los últimos tiempos tenía más que justificado, y ganado, el "derecho a la pereza" periodística. Le comenté mi razonamiento a Oliva, coincidió con mi postura y me comentó que, además de su solidaridad, adoptaría en su trabajo ese "derecho", no vinculante con las reglas de la administración pública.

Brindamos por nuestro encuentro, bebimos para continuarlo y como si se tratara de una situación cinematográfica de conquista típica, Oliva se levantó de su lugar predeterminado y copa en mano caminó los escasos tres pasos que la separaban del lugar desde donde alguien, yo, no dejaba de observarla, barajando una extraña mezcla de posibilidades que se hacían un hueco en el corto trayecto que ponía distancia entre ambos cuerpos. Pensé y me pregunté, ¿qué hago?

¿Reacciono y me pongo de pie? ¿Adopto, o sigo, en posición pasiva? Cuando finalmente tomé la decisión de dejarme llevar y por tanto dejar la iniciativa en manos de mi anfitriona, ya la escena se abría paso hacia otros carriles. El contacto de nuestras manos, primero, y los labios de ambos después, sin dejar de mirarnos, fueron las sendas que transitamos hacia la explosión de la pasión que, sin detenernos, avanzaba y crecía en intensidad y recorridos de nuestros cuerpos. El sillón donde estaba cómodamente instalado era amenazado con ser invadido, lentamente surgió esa operación sin que surgiera la más mínima intención de resistencia de mi parte. Imaginaba mi cuerpo como un aeropuerto, con una pista a punto de recibir el aterrizaje de la única nave que merodeaba el área a mi alrededor. Oliva, transformada a esa altura en todo un Boeing 747 con el tren de aterrizaje desplegado, posó suavemente sus labios sobre los míos y ahí terminó mi fantasía "aérea" para dar paso a mi destino anhelado, su cuerpo. Todo su cuerpo. Nos besamos largamente. Oliva logró acomodar sus piernas —extensas, flexibles y suaves— por fuera de las mías, recostadas y limitadas por los posa brazos. Las manos jugaban carreras de reconocimiento. Las suyas y las mías. No había límites. No existía el menor atisbo de censura. El desenfreno inicial fue dando espacio y tiempo a muestras de pasión más contenidas, más extensas, más focalizadas en zonas en las que las reacciones mostraban un grado extra de sensibilidad y placer, en un viaje de ida y vuelta. Sin dejar de besarnos comenzamos a incorporarnos, lentamente; el punto de unión de nuestras bocas mantenía alterado el resto del cuerpo, que buscaba —y encontraba— a su par. Ambos conteníamos la explosión en una coincidencia no explícita que nos llevaba a extender y disfrutar de ese momento. "Es sublime", pensé, mientras me dejaba arrastrar por el perfume en la piel de Alicia, que no ponía límites a la humedad que iban dejando mis besos en su recorrido. El cuello, el lóbulo y los sinuosos recovecos de sus perfectas orejas fueron receptores y alimento del desenfreno mutuo en un juego sin retorno. El perfume pasó del aroma al gusto y su dulzor removió todo mi cuerpo. Era incapaz de poner un patrón de tiempo; no sabía si llevábamos mimoseando cinco minutos, media hora o una hora. Solamente pretendía detener la vida hasta que el momento siguiente exigiera el "play". Y ya estaba cerca.

Sin separarme de sus labios comencé a incorporarme, muy suave y lentamente. La tomé por debajo de sus brazos y la ayudé a ponerse de pie. Nuestros cuerpos no se separaban, parecían haber encontrado el calce perfecto con la boca como nexo firme. Ya parados, fui capaz de abrir los ojos y pude ver como coincidíamos en ese gesto, síntoma de, al menos, un paréntesis de vuelta a la realidad. Estaba claro, suponía yo y daba por descontado, que el prólogo se estaba cerrando y que el primer capítulo de la historia se desenvolvería en una nueva geografía obvia, la del dormitorio. No porque estuviera planeado o predeterminado, pero sí porque era el desarrollo natural por la forma en que transcurría nuestro encuentro.

Oliva dio un paso, me tomó de la mano —la suya era tibia y suave— me miró con una mezcla de ternura, seducción y pasión (todo eso fui capaz de deducir y ver en cuestión de milésimas de segundo), para finalmente guiarme unos pocos pasos hacia una puerta que estaba cerrada. La abrió, automáticamente se encendieron las luces, tenues, y ante mi apareció lo que era una sala en que predominaban un bloque de espejos, algunos estantes repletos de zapatos y armarios cerrados. Unos pocos pasos más alcanzaron para ver la cama —más grande que alguna *king size* de hotel que me puede haber acogido en algún viaje de trabajo— cuidadosamente tendida y arreglada en tonos que combinaban el blanco y el beige. Una muy tenue luz daba el marco perfecto al acogedor ambiente, con paredes en gris y dos cuadros, de los cuales uno me resultaba conocido, un Van Gogh. El otro, me enteraría luego, aunque menos conocido, también era del pintor holandés. Nos detuvimos bajo el marco de la puerta sin soltarnos las manos. Oliva estaba un paso delante de mi. Sentí que estaba en el lugar que quería estar, con quien quería estar, y en las circunstancias en que quería estar. Me acerqué por detrás, la tomé de la cintura y me dejé llevar por el perfume que me guiaba hacia su cuello. Su aroma me invadía y su tibieza transmitía a mis labios, ya húmedos y posados en su cuello, una especie de libertad de decisión para transitar los caminos a surcar. Un leve movimiento de cabeza hacia la izquierda fue la señal de que el punto en que estaba detenido era el que merecía mayor atención en ese instante. Lo entendí y le dediqué unos segundos hasta que con un rápido movimiento la ministra quedó de frente ante mi —sus tacones nos igualaban en altura— y los pocos centímetros que separaban su boca de la mía fue cediendo terreno hasta que nuestros labios se encontraron. Y llegó un nuevo síntoma que anunciaba otra explosión, una sucesión de sensaciones ascendentes, profundas, de fuego descontrolado.

Casi sin quererlo, o sí, nos entregamos a donde nos dirigían nuestros cuerpos, movidos por esa extraña energía de necesidad de entregarse y recibir al otro. El destino estaba ahí, y era parte del universo que se nos presentaba donde solamente "nosotros" teníamos cabida. De pie, abrazados, y sin dejar de besarnos comenzamos la lenta, muy lenta, tarea de despojarnos de ropa. Avanzábamos, nos deteníamos y volvíamos a empezar en lo que parecía una virtual carrera de resistencia entre el control y la pasión. La inercia, influenciada y ayudada, nos hizo tropezar con la cama para dejarnos caer en ella. Oliva primero, en un movimiento elegante que hasta parecía ensayado, vestida apenas con ropa interior y aún con zapatos, apoyó su espalda en la cama, sus pies en el suelo y solo con su mirada alcanzó para que entendiera que estaba ahí para mi, y que yo estaba ahí para ella. Se me cruzaron discursos y reivindicaciones feministas que incluían la "cosificación" de la mujer y cosas por el estilo pero logré imponerme un freno a tiempo y contener a esa viajero incansable que es el pensamiento. "No es su momento", me dije y encontré argumentos, además, que me sobreseían: estábamos ahí de común acuerdo, un hombre y una mujer en igualdad de condiciones, libres y entregados al placer. Mis razonamientos iban por un carril que me distraían de otro, el que transitaba mi cuerpo, hasta que decidí poner fin a los cuestionamiento y dedicarme libremente a sentir, a explorar y a compartir, y a disfrutar todo lo que era capaz de provocar el contacto de nuestra piel.

La lógica de la situación nos arrastró; nos desvestimos en un juego-desafío implícito de no dejar de besarnos mientras la ropa caía a nuestro alrededor.

El clima de la habitación era perfecto, ni frío ni calor —como contraposición a la alta temperatura que nos envolvía— lo que nos permitía avanzar y disfrutar de nuestro juego erótico. No quedó un solo centímetro cuadrado de piel sin recorrer del cuerpo de la funcionaria del gobierno. "¿Recordará este momento, volverá a revivir las sensaciones que ahora disfruta cuando mañana esté enfrente del presidente en la reunión semanal de gabinete tratando temas importantes?", me cuestioné en medio del laberinto de caricias y contacto de nuestros cuerpos.

La boca de Oliva retribuía la persistente gimnasia de besos y aportaba recorridos que, cuando se detenían, me provocaban estremecimientos; llevaban mi cuerpo a una nube de placer.

Pausadamente nos descubrimos, nos entregamos, nos sentimos, nos disfrutamos y nos cansamos hasta el punto que un rato después —imposible de medir en tiempo y menos aún en intensidad—, rendidos y ya con Oliva apoyada en mi brazo derecho nos dormimos, en silencio. Un tipo de sueño de los mejores, con el cuerpo cansado, la mente en blanco, el de después de.

Despertar, sueño y realidad

A las ocho y diez volví a la vida real. Era sábado. Mi brazo derecho ya estaba liberado y mi invitada dormía profundamente. Giré hacia su lado para dedicarme a mirarla, a contar cada una de las pecas de su espalda que no se escondían bajo las sábanas. Sus hombros no disimulaban el haber nadado varias piscinas; eran fuertes y muscularmente desarrollados. Llegué hasta imaginarla en el agua avanzando al estilo crol. Besé muy suavemente la parte posterior de su cuello y un mohín, acompañado de un quejido de placer, me dio la pauta de que el despertar estaba próximo. Acerté.

Oliva giró 180 grados y quedó de frente, con los ojos apenas entreabiertos fue capaz de mirarme y murmurar un sensual "buenos días cariño". No demoró en desperezarse y hacerse un hueco contra mi pecho. Acaricié su cabeza, la besé y nos quedamos con nuestros cuerpos como "encastrados" y en silencio durante un rato.

"¿Traigo el desayuno a la cama o nos levantamos?", pregunté luego. "Quedémonos un poco más y luego vamos juntos a prepararlo", respondió.

Inmediatamente entendí —en realidad su señal a través de las caricias en zonas muy sensibles del cuerpo daba inequívocas pistas— el porqué de las postergación. No concluimos con explosiones el acercamiento iniciado pero la pasión creciente sirvió para, de común acuerdo, retomar la escena después de la pausa del desayuno. "No nos vendrá mal recargar energías para después retomar, donde la dejamos, la tarea pendiente.

Hagamos un cuarto intermedio", sugirió la ministra, con rostro, gesto, y mirada que hacían dudar de su cargo gubernamental, que era un lugar en el cual yo, por momentos, inconscientemente la encasillaba.

¿Cómo la podía ver tan formal en la vida profesional y a la vez tan íntima y "tan mía" en este momento? No sabe, no contesta, preguntó y respondió mi voz interior, además de hacerme notar de lo políticamente incorrecto del posesivo "mía". Esta, y unas cuantas expresiones más, hicieron encender una luz de alarma en la parte de mi interior donde se procesa la comunicación y el lenguaje.

Pero no era momento para correcciones políticas, ni para reivindicaciones o toma de posiciones de género. El momento pedía otras alternativas para tomar nuevas decisiones.

La primera tarea estaba en la cocina y hacia ahí me dirigí tras vestirme mínimamente; un pantalón de pijama y una camiseta sirvieron para cumplir el trámite. Hice escala en el baño y tomé mi albornoz para ofrecerlo a mi invitada que ya estaba sentada, apoyada en el respaldo de la cama y mirándome. Dulcemente, lo definiría. Me detuve a su lado, tendí mi mano derecha, la suya se sumó, y sin dejar de mirarnos Oliva dejó a un lado la sábana, se incorporó y quedó ante mi todo su ser, toda su desnudez. Perdí toda noción del tiempo.

No sé cuánto tiempo pasó entre contemplarla, abrazarla y besarla. El timbre funcionó de interruptor y provocó la contención obligada de nuestros instintos.

¿Quién es? Pregunté, con fastidio, desde el intercomunicador, ubicado en la cocina. "Cartero", fue la lacónica respuesta. Pulsé el botón de abrir y volví al dormitorio. Oliva ya no estaba en él y la puerta del baño aparecía cerrada. Me acerqué y pregunté si necesitaba algo. "Nada, gracias. No demoro", respondió con una voz tenuemente más grave que la que yo le conocía; tono de "camisón", de recién despierta.

Regresé la cocina. Café y naranjas nunca faltan en casa. Coloqué la cafetera italiana en la hornalla mientras exprimía el jugo de seis naranjas y controlaba la tostadora, donde cuatro rodajas de pan de molde comenzaban a inundar el ambiente con el aroma que más apetece a esa hora, el de las tostadas, mejorado aún con el olor del café que comenzaba a filtrar.

Tentada por esas "fragancias" matutinas, de pronto irrumpió en la cocina "ella". Enfundada en mi batín, pelo despreocupadamente recogido, desparramando todo su aroma de piel fresca y sensualidad a pleno, me abrazó desde atrás, besó suave y delicadamente mi cuello para dejar en claro que estaba ahí, para mi. Lo entendí, sin esfuerzo, pero el café y las tostadas —sin hablarnos lo asumimos— nos marcaba el tiempo, y este era el del desayuno.

Tomamos distancia, y en una especie de acuerdo tácito, ambos encaminamos el diálogo hacia lo superfluo, obviando cualquier referencia a cargos, política o comentarios de prensa. Mientras yo daba los últimos toques al desayuno en la cocina, Oliva se ofreció para tender la mesa. "Vaya usted al comedor y luego dígame qué necesita, que hace falta para que se sienta a gusto y desayunemos", dije.

"Hacía mucho tiempo que no dormía de manera tan profunda, que no me sentía tan bien, tan descansada. Y usted tiene mucho de responsabilidad en eso", me soltó mientras daba media vuelta y ponía proa al comedor. Mi ego, después de eso, crecía como llevado por un notorio viento en popa.

Volvió de inmediato y con una gran sonrisa se colocó enfrente de mi, me miró muy tiernamente y solo escuché "gracias" antes de perderme, una vez más, en su boca. Interpreté su agradecimiento como devolución a lo que había preparado en la mesa y que Oliva había descubierto: una nota de buenos días, junto a una servilleta, en la que admitía mi debilidad por ella y lo reconfortante que había sido, en variados terrenos, la noche que pasamos juntos.

Mientras llevábamos todo lo necesario a la mesa, me apresuré para que fuera yo quien tomara el cuenco en que había colocado la mermelada de ciruela; pensé que era el momento de "copiar" alguna de esas escenas que uno ve (en este caso yo) en una película y le (me) quedan grabadas como fantasía a cumplir.

Cuando Oliva ya estaba a punto de sentarse, me acerqué, la tomé del brazo, quedamos frente a frente, le pedí que cerrara sus ojos y cuando me aprestaba a untar sus labios con la mermelada, me detuve. Algo me hizo abortar mi idea. Pensé que era una infantilidad. Y que podría arruinar el momento. Entonces cambié de estrategia y me dediqué a besarla, naturalmente. Sin aditivos. Y, con un esfuerzo de contención, nos sentamos a desayunar. Me ofrecí para untarle una tostada con mermelada o mantequilla, o prepararle un sandwich de jamón y su respuesta me dejó una inquietante y a la vez tranquilizadora sensación:

"Prefiero lo salado, soy alérgica a las mermeladas", se explicó. Respiré aliviado.

Extrañamente a lo que podría suponerse, desayunamos hablando de trivialidades y de cada uno de nosotros en cuanto a gustos, costumbres y poco más. Se notaba la necesidad compartida de conocernos, aunque también flotaba en el ambiente una especie de premisa implícita bilateral de no dar pasos en falso, ni de vestir el momento de formalidades innecesarias.

Ambos estábamos acostumbrados a movernos en ambientes donde lo políticamente correcto ocupa un lugar primordial en las relaciones, y todavía éramos rehenes de ese comportamiento, aún se notaba el peso de lo profesional, el de una ministra y un periodista.

Capítulo 5

Los teléfonos móviles no solo son inoportunos, en ocasiones juegan un papel opuesto y suenan cuando un silencio molesto entre dos personas se aproxima y amenaza con instalarse.

Un ringtone de suaves campanadas irrumpió desde la cartera de Oliva, que la había dejado "abandonada" en uno de los sofás desde que llegó a casa. Me extrañó que no hubiera sonado antes, suponía que el móvil de una ministra no paraba de recibir llamadas, pero —como me explicaría luego Oliva— tenía instalada una aplicación que le permitía programar franjas horarias para que sonara o no, y todo lo recibido iba a parar a una grabadora. Tomé el teléfono, se lo entregué y me dirigí a la cocina como forma de darle cierta privacidad y no interferir en su conversación.

Debo admitir que me costó cierto grado de esfuerzo la decisión de inventarme un quehacer para no escuchar lo que hablaba la ministra. ¿Quién sería su interlocutor? ¿Algún secretario del presidente? ¿Otro ministro? ¿Del Fondo Monetario Internacional? ¿Su ex? Me costaba trabajo el intento de introducirme en "su" mundo, en esa realidad idealizada y a la vez fantasiosa que tenemos todos en torno a los protagonistas del ejercicio del poder.

Sus respuestas no daban la más mínima pista sobre el contenido del diálogo. La ministra apenas utilizaba monosílabos: sí, no, ok y alguna otra palabra que denotaba el formalismo de la comunicación, a la que tras unos pocos segundos puso punto final.

"Las obligaciones me requieren", fue la forma elegida para anunciar su partida, con el compromiso de comunicarnos en el resto del día. Comenzó un permanente y rápido movimiento táctil en su móvil para responder mensajes acumulados, mientras yo continuaba con mi papel de mudo testigo anfitrión. Se puso de pie y argumentó los motivos de su rápida partida; el presidente había convocado una reunión urgente de su gabinete para tratar temas que merecían la inmediata atención de todo el Ejecutivo. El auto del Ministerio ya estaba abajo esperándola. Me limité a asentir con mi cabeza y a escuchar su inmediata "súplica"; que no informara nada en el diario porque si lo hacía se sabría, casi seguramente, que ella era la "fuente".

"Espero, y por adelantado agradezco, que esto no trascienda. Es un tema muy delicado el que estamos discutiendo y si se ventila algo de esto me ocasionaría un serio problema. Para que tengas una idea de lo grave que sería, te puedo asegurar que debería renunciar a mi cargo. Se terminaría mi carrera política. Por favor no me defraudes, confío en ti", explicó Oliva. Me acerqué, nos besamos y le prometí "fidelidad" profesional. "¿Y la personal?", inquirió en tono de broma. "Está implícita", le respondí al tiempo que le sugerí ir al baño a retocar la pintura de labios. "Admito y asumo mi culpa por haber arruinado el maquillaje", me disculpé. "Sus besos bien valen el sacrificio de volver a pintarme los labios", respondió.

Cuando la ministra salió del baño ya la aguardaba al lado de la puerta de casa con su abrigo, su ataché, su cartera y su pañuelo (¡qué bien olía!). Salimos al rellano y en silencio esperamos el ascensor. Llegó, nos miramos muy tiernamente y antes que se cerrara la puerta nos despedimos con un beso en la mejilla. Se fue.

Entré en mi apartamento, todavía invadido por el perfume de mi invitada, y me senté a disfrutar de un repaso mental de lo que había vivido esa noche. Esa fantástica noche.

Se entrecruzaban sensaciones varias. Una profesional lucha interna que amenazaba con instalarse en mi, fue rápidamente sofocada, y para que no quedaran dudas lo verbalicé para escucharme: no diré nada en el periódico sobre el cónclave del gabinete que a esas horas estaría a punto de comenzar en la sede del gobierno. La fidelidad obliga, me dije.

Finalmente no hubo anuncios ni información alguna desde el gobierno en cuanto al cónclave y todo quedó en que se trataron temas ordinarios. Fue un alivio compartido.

"Yo no busco, encuentro"

Mi relación con la ministra comenzó a crecer rápidamente tras el primer encuentro. En calidad y en cantidad. Pero cada día se tornaba un poco más difícil la tarea de separar lo personal de lo profesional, lo público de lo privado; todos los carriles desembocaban, irremediablemente, en nosotros, todo lo teñía y todo se enmarcaba en nuestra creciente afectiva relación personal.

Chocábamos y caíamos, cada uno por su lado, en conflictos de intereses. Nos desafiamos a intentar mantener una relación honesta, sin que interfiriera en las carreras ni en el ámbito de trabajo de cada uno, a sabiendas de que sería una ardua labor.

Para nuestros encuentros acordamos, en principio, que fueran en casa; mi apartamento nos daba mayor intimidad, parecía que estuviéramos menos expuestos. Tenía la ventaja del anonimato. En mi edificio no vivía nadie importante. No era foco de las cámaras de fotos y de televisión, como sí solía suceder algunos días en la vivienda de la ministra.

Nuestra vida cuando estábamos juntos era muy limitada y se circunscribía, generalmente, a estar en una de las dos casas. Buscábamos la tranquilidad de la intimidad, lo que nos permitiera vivir sin ser abordados por algún paparazzi, como sí podría suceder si fuéramos a cenar a algún restaurante o asistir a algún teatro. No teníamos otra alternativa debido a la exposición pública de Oliva que, en paralelo a que cada día aumentaba, también elevaba la presión de los medios por perseguirla para sacarle alguna declaración o tomarle fotos.

Esa situación, de pronto, comenzó a inquietarme. No estaba acostumbrado a este tipo de presión y no sabía muy bien cómo actuar; después de todo yo permanecía en el más absoluto de los anonimatos. No era a mi a quien buscaban los colegas y lo que debía hacer era mantenerme a un costado y proteger, en la medida de lo posible, a Oliva y su intimidad, que también era la mía.

En los últimos tiempos, incluso antes, mucho antes de mi novel affaire con la ministra, me costaba entender la avidez —por no llamar persecución y acoso— de algunos fotógrafos (en su mayoría de medios sensacionalistas) por seguir a algún personaje famoso, ya fuera político, deportista o actor, y "bombardearlo" con disparos de sus cámaras. No lo entiendo, me parece desmesurado, exagerado y una provocación.

Estaba inmerso en mis pensamientos cuando el sonido del móvil me llevó en vivo y en directo a la realidad. "El empresario Carlos Oliva Falco fue detenido por sospechas de malversación de fondos", me indicó una voz conocida. Era la del secretario de redacción del diario.

Me explicó que había pensado en mi para cubrir la información porque recordaba que unas pocas semanas atrás —"tres semanas y poco", le aclaré— había entrevistado a su esposa, la ministra Oliva.

Me causó cierta sorpresa que Aleson hubiera pensado en mí; que, de algún modo, me asociara con la ministra. Tal vez fuera solo una maquinación de mi parte, o quizá algún mecanismo ingobernable de esos que tenemos tantos los seres humanos a la hora de manejar culpas o responsabilidades, pero llegué a pensar que algo sospechaba al derivarme a cubrir esa nueva información.

Hablamos del tema en general sin entrar en detalles y acordamos que yo iría al diario de inmediato para comenzar a trabajar con la información disponible hasta el momento. "Mientras tanto en la edición online vamos publicando lo que tenemos, lo que informan las agencias de noticias", me explicó Aleson. "Creo que deberías comenzar ya los intentos para comunicarte con la ministra. Imagino que será difícil que hable algo en estas circunstancias pero sería una muy buena nota, tanto a nivel político y profesional como personal.

Tener sus declaraciones creo que nos daría ventaja sobre el resto, sobre la competencia y la radio y TV", agregó, a modo de sugerencia argumentada.

"¿Cómo quedaste, cómo quedó tu relación con Oliva tras la entrevista?", preguntó inocentemente Aleson. "Bien, no volvimos a tener contacto, pero quedamos bien, dentro de la corrección política habitual", mentí. Rememoré mi primera, y falsa, entrevista a Oliva y tenía absolutamente claro y decidido que no volvería a caer en ese tipo de arriesgadas soluciones. "Demasiado bien salió la mentira como para volver a correr esos riesgos", me dije.

"Te envío un auto para que te traiga al diario. Entre veinte minutos y media hora está ahí. Te agradecería que fueras pensando en qué tipo de cobertura le podemos dar al diario en papel de mañana. De la versión online despreocúpate, ya tenemos gente trabajando en ella y vamos bien. Cuando estés aquí hablamos y trazamos una estrategia". Asentí con un monosílabo sí, nos saludamos y corté. Dejé el móvil encima del escritorio y comencé a caminar por el apartamento tratando de poner orden en dos sectores de mi cabeza, el personal y el profesional.

Tenía tiempo para una ducha rápida. Ayudaría a recomponerme física y mentalmente y a prepararme para la ardua jornada que me esperaba en el periódico. La hora de salida de la redacción de los diarios nunca depende del periodista, siempre está a expensas de lo que pueda suceder, de cualquier información que surja. La noticia y su importancia es la que decide cuando se cierra una edición en papel. Hoy, con la prensa online dominando y marcando los tiempos de la realidad nacional e internacional, ya no hay descanso, no se producen paréntesis de información. La inmediatez manda y las mediciones condicionan la forma de hacer periodismo.

La tiranía del reloj me indicó que debía apurar los tiempos para estar listo antes de que llegara el auto que me trasladaría al diario. Una ducha rápida, aunque sin perder tiempo en afeitarme, sirvió para reavivarme. Me vestí rápidamente. Fui a la cocina y bebí un vaso de agua grande. Estaba listo y me apresté a esperar que sonara el timbre del portero eléctrico, que no demoró. Atendí, y anuncié que bajaba de inmediato. "Lo espero señor", me respondió el chofer.

Ya en el auto de camino al diario, aproveché el tiempo muerto del viaje para armar mentalmente la crónica que debía escribir, por un lado, y además qué hacer respecto a la ministra. Llamarla, enviarle un wasap, un mail, eran las alternativas. Tenía muy claro que la nueva realidad me obligaba profesionalmente a comunicarme con ella. La duda era desde qué lugar. "Del único posible, desde la lógica, desde el sitio de periodista", me respondí como forma de afianzar el camino a seguir.

La ciudad parecía, y era lógico que así fuera, totalmente ajena a las noticias. Al menos en la superficie. Todo el trayecto en auto me entretuve mirando a la gente deambulando por la ciudad. Trataba de descifrar sus pensamientos. Cuántos mundos habitan en cada ser.

Cuántas realidades dinámicas van y vienen. Algunas tienen destino, otras simplemente son movimiento, inercia.

En un acto que repetía tanto por costumbre como por necesidad profesional, volví al teléfono y a consultar qué estaban publicando otros medios. Todos, con matices, coincidían en destacar la detención del empresario, más que por su notoriedad por la de su esposa, la ministra de Economía. Los titulares de la prensa iban desde un aséptico "Detienen a importante empresario y banquero", hasta a otro trasfondo político: "Marido de ministra apresado por malversación".

Carlos Oliva Falco, además de miembro del directorio de un banco, era presidente de una de las compañías constructoras más importantes del país, y sus conexiones con el poder no se limitaban solamente a su esposa, también era un generoso donante de las campañas proselitistas del partido en el poder en ese momento.

Pero su medida y controlada exposición pública y, en general, su bajo perfil, le posibilitaron pasar inadvertido para la prensa en general. Hasta ese día.

Su detención se produjo como sucede habitualmente, y en casi todo el mundo con personajes importantes, dentro de la mayor discreción.

Dos policías de civil aguardaban al empresario en la zona de estacionamiento del edificio del banco. En el lugar ya habían advertido al chofer de Oliva sobre el operativo y apenas el ejecutivo salió del ascensor, los agentes se presentaron y le indicaron que tenían una orden de detención. "¿De qué se me acusa?", preguntó el empresario. "Es una investigación sobre defraudación, lavado de activos y evasión fiscal", fue la breve explicación policial, e inmediatamente le indicaron que los acompañara hasta uno de los vehículos estacionados para ser llevado a la sede central de la Jefatura de Policía.

El único testigo de lo que estaba aconteciendo era el chofer del empresario, Basilio, que observaba todo desde su lugar tras el volante del BMWi7 gris, propiedad del ahora detenido.

Cuando finalmente los agentes y Oliva partieron del garaje, Basilio llamó inmediatamente a la casa de su jefe, mientras se lamentaba por no tener el número del móvil de la esposa. La ministra, como se presumía, no estaba pero le facilitaron el contacto. Llamó y lo que no quería escuchar fue la respuesta: el contestador automático. Le dejó un mensaje para que se comunicara de forma urgente con él.

"¿Qué hago ahora?", se cuestionó Basilio, mientras la desesperación lo invadía y la incertidumbre lo paralizaba.

Petrificado en su asiento del automóvil llamó al banco. Habló con Lourdes, la secretaria de Oliva, y con la voz entrecortada le contó, haciendo un esfuerzo, lo sucedido. Su interlocutora le pedía detalles que Basilio no era capaz de responder. Entre sollozos propios del nerviosismo le comunicó que no podía seguir hablando, que intentaría calmarse e ir inmediatamente hacia la oficina para dar mayores detalles. La secretaria asintió, intentó calmarlo y le pidió que se esforzara y con calma emprendiera el camino de regreso a la compañía.

Capítulo 6

Al llegar al periódico, todo funcionaba alrededor de un personaje, Oliva. "No mi Oliva", me apresuré a autocorregirme. El pronombre posesivo utilizado no me sorprendió.

En ese momento eché de menos el funcionamiento pre Internet de los diarios, cuando el periodista no estaba presionado permanentemente por los tiempos que si marcan y condicionan hoy una noticia exclusiva. La inmediatez de las cabeceras webs ha transformado profundamente el quehacer de la prensa escrita. La velocidad se impone.

Hoy importa menos que una noticia esté bien escrita, que esté elaborada en base a fuentes confiables; pesa más ser el primero en publicarla y tener más *likes* que la competencia. Algo de la esencia del periodismo queda desvirtuado por las prisas.

Aleson estaba esperándome para trazar un esquema de trabajo. Sin quererlo ni buscarlo me había transformado en una especie de eje de la cobertura de la noticia, del "caso Oliva", información que ya ocupaba la portada de todos los medios.

Se dispuso la creación de un equipo de cuatro periodistas que trabajaríamos exclusivamente en la noticia, que no paraba de crecer y de la que comenzaban a aparecer otros flancos vinculados al empresario y su entorno. Hasta ese momento nada salpicaba a la ministra, pero las elucubraciones y especulaciones plasmadas en redes sociales abrían un abanico de sospechas que investigar.

A eso se sumaba algún medio sensacionalista o cercano a la oposición que publicaba desde sospechas infundadas hasta versiones no confirmadas y declaraciones no contrastadas, en las que la ministra aparecía peligrosamente cercana a algún negocio de su esposo.

Aleson me llamó a su oficina mientras me aprestaba a escribir un análisis breve de la situación. Con todos los datos y los últimos operativos en marcha tenía material suficiente para elaborar una puesta a punto de la situación.

Aleson, con su ronca voz habitual, sentado en uno de los ángulos de su escritorio —estrategia que utilizaba para disimular su corta estatura— me pidió que le resumiera cómo estaba el caso y cuáles eran los siguientes pasos a seguir. Pero antes de que comenzara mi explicación aclaró: "Y obviamente, *off the record,* me interesa y mucho, estimado, su relación, entiéndame bien, cuando hablo de relación hablo desde lo profesional, con la ministra de Economía".

Esto despertó mis sospechas. ¿Cómo puede saber algo, o imaginar, mi *affaire* con Oliva? Tal vez no supiera nada. Esto también era una posibilidad.

Planteé la cobertura que tenía en mente, intercambiamos ideas y procedimientos entre la edición en papel y la web y volví a mi escritorio. "Buen trabajo Velasco. Se nota cuando te interesa un tema en el resultado. Lo de hoy ha estado muy bien.

Congratulaciones", indicó mientras se acercaba para terminar con un par de palmadas en los hombros.

Dejé su oficina con el ego satisfecho y decidido a escribir una buena nota. Material tenía suficiente. Pero algo faltaba, dentro de mi algo hacía ruido. Quedaban posos de insatisfacción; y, claro, era consciente de qué era. Debía contactar con ella, con Oliva.

Estaba ante la disyuntiva: como hacer frente a la nueva situación y desde qué lugar. No era cómodo mi papel. Pero también estaba claro que era por mi propia decisión. Opté por dedicarme por completo a terminar mi trabajo del día con el análisis encomendado, y después sí, me dije, dar rienda suelta a lo personal.

Pero ahí surgió una duda lógica: ¿y si Oliva me aporta nueva información? Tal vez me comente algo que me alimente periodísticamente y haga crecer el análisis que debo escribir.

Llamé. "El número al que usted llama está comunicando…" Imaginé que dada la nueva situación sería imposible ubicarla por teléfono. Su móvil debería estar saturado. Opté por el wasap. "Hola estimada.

Intento comunicarme pero es imposible. Agradecería me avise cuando podamos hablar. Estoy en el diario y quiero saber cómo está. Saludos.", escribí.

Envié el "was" y otra vez manos a la obra. A seguir con el análisis, esta vez sabiendo que debía estructurarlo con lo que tenía, sin el agregado de nueva información de primera mano, de la ministra.

Aleson no presionaba. Extraño. Aproveché para un "break".

Necesitaba un café. Dejé mi escritorio y fui hasta la cantina de Objetivo, un piso por debajo de la redacción. Estaba vacía. Mejor. La tranquilidad del lugar me ayudaba a poner en orden mi laberinto mental.

"Hola José. Un café doble, o americano, como quieras llamarlo." (Siempre repetía esa tonta aclaración porque si pedía café doble, José respondía que no había y si pedía americano contestaba igual, a sabiendas de lo que tomaba). "Quiero, y necesito, una taza grande de café", le supliqué al cantinero, un orgulloso tucumano hincha de Boca Juniors (por sobre todas las cosas), a quien le tenía un especial aprecio. Llegó al diario muchos años atrás después de caminar las calles de la ciudad vendiendo café que llevaba en termos, que a su vez cargaba en una especie de bolso. Algo muy de Buenos Aires de otros tiempos.

José siempre me distraía; era una especie de "terapeuta" para momentos en que alguna nota se empantanaba o estaba trabado con algún tema. Él se encargaba a través de un peculiar humor de "oxigenarme" y ayudar a descongestionar mis pensamientos. Lograba distraerme.

Hasta que sonó el teléfono y la pantalla de llamada entrante mostró quien estaba del otro lado: "Ministra" que era como tenía agendada a Oliva.

Atendí y tras mi mejor "hola" escuché la voz de Oliva, como nunca la había oído. Sonaba extraña, apesadumbrada y lejos de su habitual tono de firmeza y seguridad. "No se qué hacer", fue lo primero que me dijo entre sollozos. Tampoco yo sabía qué decir, cómo reaccionar, y en ese momento primó lo personal por sobre lo profesional o periodístico.

Intentando no caer en lugares comunes intenté calmar su ansiedad, buscar formas de darle tranquilidad y a la vez ponerme en un lugar desde el cual poder ayudarla a sobrellevar la complicada situación en que acababa de colocarla su marido.

Mientras buscaba formas rápidas de contenerla emocionalmente, también pesaba mi compromiso con el diario y la profesión, que siempre tenía ahí, latente, como telón de fondo. Me contó los primeros pasos que se aprestaba a dar: "Te pido por favor discreción, necesito confiar y no soy capaz de separar lo profesional de lo personal. Desde lo más íntimo te pido que si estás de mi lado lo hagas desde tu lugar de hombre, de nuestra relación. Se de lo fugaz que ha sido esto, pero existe, tenemos una relación y hoy te necesito, necesito tu comprensión".

Me sorprendió. Y me halagó. Los acontecimientos imprimieron una nueva y más rápida velocidad a algo que apenas había comenzado. Pero no me importó. Era una situación que yo estaba en condiciones de asumir y que, además, quería enfrentar, sabiendo los riesgos de doble circulación, tanto personal como profesional, a los que me exponía.

Volví a la redacción "masticando" el diálogo con Oliva, que no tardé en digerir para dedicarme de lleno a continuar el análisis que tenía en desarrollo y que debía terminar de escribir. Fui cuidadoso, sin saltarme la honestidad intelectual, a la hora de plantear los hechos, y marcar responsabilidades políticas y empresariales en el caso Oliva. Terminé de escribir, entregué la nota y le pedí a Aleson que le diera una lectura final antes de irme del periódico. En unos pocos minutos me dio el ok, me comentó su beneplácito por el enfoque y quedé liberado. Acordamos que para mí —y por esa jornada— el caso estaba cerrado, y que al día siguiente definiríamos el tipo de cobertura a seguir.

Finalizado mi compromiso periodístico, era hora de dedicarme por completo a lo que más me interesaba en ese momento, compartir mi tiempo con la ministra, con quien estábamos en una relación que podría definirse como "fase beta".

Salí del viejo edificio estilo Art Decó en que funcionaba la redacción del periódico, me detuve en la puerta, miré al cielo estrellado y disfruté de lo bien que me sentía en se momento. Respiré hondo, y me encaminé hacia la esquina en que había una extensa fila de taxis libres. Tomé el primero con la esperanza de que al chofer no se le ocurriera hablar, de fútbol o política, los temas típicos a tratar en esos habitáculos cerrados de cuatro ruedas. Tuve suerte, quien conducía se excusó de no entablar un diálogo: "La humedad me está matando. Me provoca un dolor de cabeza que no soporto. Lo llevo a usted y me voy a casa", se explicó. El clima siempre fue un tema clásico de los diálogos entre taxista y pasajero.

El viaje hacia el departamento de Oliva transcurrió en silencio, que aproveché para poner en orden mi agenda inmediata, pensando en el día siguiente. Pero para esto faltaba tiempo aún y ese momento circulaba por otros carriles.

"Llegó la hora de la concupiscencia, en el más amplio de los sentidos", me dije, como forma de salir de la presión que imponía la información y los tiempos del periódico. Y existía un único camino, una única persona que me facilitaría ese tránsito. Oliva. Ella ocupaba todos los espacios de mi borrador mental.

La palabra concupiscencia, naturalmente inusual, me abrió interrogantes que me llevaron a definiciones de los teólogos morales, y moralistas, que la circunscriben a "placeres deshonestos". Deseché esta interpretación, por lejana, en lo personal, y por culturalmente inaceptable. Otro vocablo, "llegamos", me sacó de las elucubraciones sintácticas. Pagué el taxi y le deseé al conductor el fin de su dolencia: "Vaya a casa y descanse", le aconsejé. Agradeció y me bajé del vehículo. Miré hacia arriba. Sabía que a treinta pisos por encima del nivel de la calle me esperaba la mujer que daba vueltas por mi cabeza a todas horas. Entraba y salía de mis pensamientos sin aviso y permanecía instalada ahí sin tiempo.

Cuando me disponía a tocar el timbre, el conserje apareció de la nada, abrió la puerta del edificio, me saludó cortésmente y, con una reverencia leve, solo atinó a decir "adelante señor, lo están esperando". Que bien funciona este edificio, pensé, mientras me encaminaba al ascensor. Se abrieron las puertas y ascendí, con nervios de adolescente una vez más, y marqué el piso 30. "Desembarqué" del ascensor y quedé ante una única puerta, señalada con un 30 A dorado y brillante.

Pensé e imaginé, en un exceso infantil y cinematográfico de la realidad, que Oliva abriría la puerta lentamente, vestida apenas con un sugerente y transparente camisón, y que con el más sensual de sus tonos me diría "Hola señor, bienvenido a casa". Error. Sí abrió la entrada y me saludó con un tan cortés como popular y diplomático "buenas noches". La indumentaria estaba lejos de la esperada; era un modelo que denominé "clásico ministerial". Nos dimos dos besos en las mejillas. La cercanía y el contacto permitieron que su perfume me invadiera y que la tentación física rozara la urgencia por su cuerpo. Pero logré contenerme.

¿Por qué nos invaden tantos prejuicios, esquemas culturales o frenos sociales a la hora de desnudar nuestros sentimientos o apetencias físicas? ¿No nos sería más práctico y honesto intelectualmente un poco más de reacción "animal"?, me auto cuestioné mientras ingresaba al apartamento. No era momento para análisis sociológicos y sí para mantener la calma y avanzar paso a paso. "Partido a partido", sugeriría en su lenguaje futbolístico, aunque trasladable a todos los ámbitos de la vida, uno de los mejores técnicos del mundo, Diego Pablo Simeone.

"¿Qué tal el día?" fue la poco original forma de romper el silencio para entablar un diálogo, aunque a partir de ahí, tras la respuesta de la ministra surgió una natural y amena conversación. La vida política de esos días era lo bastante ajetreada como para que sobraran puntos comunes de interés para discutir.

"¿Tomamos algo?", preguntó. Ante el sí de respuesta me invitó a acompañarla a la cocina para decidir qué nos serviríamos. Esa actitud, sin protocolos, me gustó y ayudó a relajarnos. Entre la "oferta", elegí zumo, o jugo, de tomate. "Perfecto, no lo había pensado, entonces aprovecharé y prepararé un *Bloody Mary* para mi", explicó Oliva.

La cocina era más amplia de lo que hubiera preferido en ese momento. Corté limón mientras la ministra sacó el hielo del refrigerador para agregar al vodka que ya esperaba en un vaso. No paramos de hablar y en unos pocos minutos ya nos encaminábamos de regreso a la sala con un par de bandejas: una con los dos vasos y otra con olivas (aceitunas), otros snacks y servilletas.

Las apoyamos en una mesa pequeña junto a un amplio sofá de tres cuerpos, pero al incorporarnos quedamos frente a frente y a pocos centímetros. Nuestras miradas se cruzaron. Las manos, liberadas de las bandejas, se buscaron. Y se rozaron. La atracción creciente buscaba vías de escape. Di dos pasos y quedé frente a Oliva que no dejaba, como yo, de mantener la mirada en su presa. Ambos lo éramos. Cuando estuvo a la mínima distancia, me miró con toda la carga de seducción que era capaz de mostrar, entornó muy lentamente sus ojos como anunciando —y a la vez esperando— lo que obviamente debía seguir. Y sucedió. Nos besamos largamente. Comenzamos de pie y sin separar nuestros labios nos dejamos caer lentamente en el cómodo y mullido sofá.

Perdí, luego constaté que el verbo debía haber sido conjugado en plural, toda noción de tiempo y lugar. La pasión nos llevó de un lugar a otro, entre besos, caricias, más besos y más caricias. De pronto nos encontramos caminando en un extraño ejercicio de hacerlo sin que se separaran nuestros labios. Destino, el dormitorio. Nos quitamos los zapatos, solo ayudados con los pies, sin dejar de acariciarnos en un desenfreno ascendente y total. Seguíamos unidos en un beso interminable, placentero y profundo, bajo la tenue luz de la habitación.

La ropa comenzó a volar por el dormitorio; primero la corbata a lo que siguió la blusa de Oliva. En ese punto caímos sobre la cama. Yo debajo. Nos detuvimos un momento como excusa para hacer una pausa, para mirarnos, para disfrutarnos y vivir ese momento.

Disfruté de la visión que tenía a mi norte, Oliva, con el cabello desacomodado, su torso apenas cubierto por el sujetador —que contenía su voluptuosidad provocadora— su mirada clavada en mi y sus manos acariciando mi cabeza.

Un rato después, y con la incapacidad de saber cuánto tiempo había transcurrido, Oliva dormitaba apoyada en mi brazo derecho. De lo único que era consciente a esa altura era de que me sentía muy bien. Que estaba pleno. Era un momento de esos que uno se guarda en el archivo de la memoria (pero en el disco duro) como "ideal". No había nada que cambiar. Nada que mejorar. Era la plenitud en estado puro.

Oliva, en su descanso plácido a mi lado, daba toda la apariencia de compartir mis sensaciones desde lo onírico. Imaginé que si a la imagen que había de los dos fuera preciso ponerle título, el más descriptivo sería "restos de placer".

La observé, acaricié su cabello y me quedé con la cabeza apoyada en mi codo sin pensar en nada, solamente disfrutando del momento y de la ministra.

¿O de Oliva? Alicia, ministra y Oliva eran todas una, más allá de cómo la llamara según las circunstancias. Y ese conglomerado me absorbía, "entero y verdadero". Decidí dejarme llevar, estaba placenteramente cansado, con sueño y sin obligaciones inmediatas. Me di permiso para dormir. Abracé suavemente a Oliva, besé apenas su cuello como forma de decir buenas noches. Una serie de mohines salpicados con una ligera mueca de dulce sonrisa fueron claramente la forma de acusar recibo, de transmitir desde el inconsciente que se habían sentido, que la sensibilidad estaba despierta, que fueron recibidos los mimos. Y me dormí, distendido y tranquilo.

Capítulo 7

Una semana después, la relación se había limitado solamente a conversaciones telefónicas esporádicas. Muy esporádicas. No hubo encuentros. Una especie de coincidencia tácita nos había colocado a cada uno en su propio mundo. Sin enojos ni presiones, como en una especie de transición bilateral. Ambos éramos conscientes de que, sin quererlo, estábamos embarcados en una historia conjunta aunque complicada y que, precisamente por esto y contrariamente a nuestros impulsos, había circunstancias en las que, conscientemente, nos evitábamos; en público y en privado. Era necesario no forzar el cruce del puente, mantenernos cada uno en una cabecera hasta que alguno de los dos sintiera, más allá de la necesidad, la urgencia o la iniciativa de dar el primer paso.

También imaginábamos, y el futuro nos mostró que acertadamente, que coincidíamos en la táctica. Que ambos utilizábamos la misma estrategia, la de esperar, que la iniciativa estaba en el otro.

Además había de mi parte una ligera duda: ¿querrá que nos volvamos a ver? Mi auto pregunta surgía porque a lo personal debía sumar lo público y lo político.

También era evidente que estos componentes tenían peso disímil, y Oliva soportaba el más incómodo.

Estábamos en categorías de vida y de riesgo diferentes, tanto profesionales como morales. Mientras pensaba, me detuve en lo de la moralidad y en cuánto pesa esto en el entendimiento o la conciencia por sobre los sentidos.

De la duda surgió la iniciativa: debía ser yo quien pusiera en movimiento el vehículo del reencuentro. Coloqué en la balanza las dos vidas: claramente y despojado de egoísmos o estrategias de género, el plato de mi lado mostraba menor peso, era notoria la diferencia de responsabilidades entre uno y otro. Esta posición, además, la respaldaba la situación pública y política de la ministra, cada día más crítica, y, por tanto, su cargo se acercaba a la cuerda floja.

Opté por el *wasap* como vía de comunicación y a la vez llave de entrada para reanudar lo que yo, de forma unilateral, definía como "nuestra" relación.

"Hola estimada señora. Hace unos días que no se nada de su vida privada. ¿Podremos hablar?", escribí, pregunté y envié, vía wasap. Inmediatamente me dediqué a revisar el correo y todo lo que puede llegar al teléfono móvil, antes de dedicarme a dar un repaso a la actualidad política en los medios, como forma de matizar la espera de una respuesta.

Ahí recordé una frase de Tácito sobre el miedo, aunque era, también, perfectamente trasladable a la incertidumbre, como en este caso: "El miedo está siempre disponible. La cuestión es quien lo usa. Se crea y luego se cree en lo creado".

Continué con mi borrador mental para intentar pasar en limpio la situación y definir qué pasos dar.

Necesitaba volver a sentir esos restos de placer que me quedaban tras los encuentros con Oliva. Pero para eso, obviamente, debía estar a su lado, sentirla, acariciarla y dejar que nuestros cuerpos inventaran.

La espera unilateral, sin quererlo, me paralizaba. "¿Estará en igual estado de excitación pasiva, contenida y a distancia como yo?" Si se busca una respuesta, pensé, el camino más corto (y saludable en cuestiones de relaciones humanas) es preguntar.

Insistir, si es preciso, para que surja una contestación. Y la reacción a la propuesta de diálogo llegó en el mismo formato de comunicación, por "was": "Sí, si nos limitamos a no traspasar la frontera entre pasión y política. Le pido que me entienda. Tengo coartadas para un encuentro que pueden contar con su adhesión: una entrevista en mi casa".

El modo acelerado del mi ritmo cardíaco daba pistas inequívocas sobre cual sería mi respuesta, y solamente necesitaba dar unos ajustes para compaginarlo con mis obligaciones en el periódico. Y conocer más detalles, obviamente. Antes de terminar de leerlo sonó el ringtone indicando la entrada de un nuevo mensaje del usuario Oliva: "Lo llamo en una hora. Y lo beso", leí, y entendí que estábamos transitando por caminos similares. Ese beso agregado, acentuó mis deseos de volver a disfrutar de lo político desde otro lugar, desde la intimidad, desde el sitio en que el Producto Interior Bruto (PIB), la inflación o la balanza de pagos quedan reducidos y engullidos por el encuentro de dos cuerpos.

"Es la economía estúpido", retumbó en ese momento en mi cabeza, y fuera de contexto. De pronto, y sin quererlo y sin explicación, se cruzó en mi mente esa sentencia, elevada a la calidad de "célebre" tras ser pronunciada por el ex presidente de EEUU, el demócrata Bill Clinton. En 1992 durante la campaña para las elecciones presidenciales desafió a su rival, el republicano George Bush, colocando el acento en que la economía era más importante que los triunfos bélicos. Y tuvo un efecto arrasador, ganó los comicios.

Y ese viajero incansable que se llama pensamiento, no solo me llevó a Clinton, también apareció la becaria que casi lo lleva a su ruina política, Mónica Lewinsky, con quien mantuvo una "relación física inapropiada", según su testimonio, en la Casa Blanca.

"Coartada y adhesión", daba vueltas por mi cabeza. Por momentos tenía sospechas de que mi vida se estaba transformando en una novela: solo bastaba recordar cómo se inició mi relación con Oliva y el camino que habíamos recorrido hasta llegar al presente. Y la incertidumbre del siguiente capítulo crecía a la par del escándalo político. No podía dejar de elaborar teorías, tejer intrigas y elucubrar planes con líneas que se entrecruzaban y que rozaban lo personal y lo profesional, lo político y una de sus vertientes de mayor desarrollo en los últimos tiempos, sin importar regímenes, países o partidos: la corrupción.

La situación del empresario comenzaba a ser cada día más comprometida. La ministra estaba tan presionada como sospechada y el caso permanecía en las primeras páginas de los periódicos y abría los noticieros de la televisión. El "acoso" de los medios crecía y el gobierno decidió aumentar el número de efectivos de la custodia de la ministra.

Además, la exposición pública y la persecución periodística a la que era sometida Oliva complicaban seriamente la posibilidad de un encuentro con ella. Sumergido en la búsqueda de soluciones, todo se nubló cuando sonó el móvil, atendí y era la voz que esperaba, Oliva.

Tras los saludos de rigor, fui directamente a lo que no había podido entender: "coartada y adhesión", a lo que la ministra, segura y locuaz, se mostró decidida a explicar. "Vamos en orden. Primero, cuando hablo de coartada, significa que debo estar lejos del ruido mediático por mi inocencia, porque no juego ni he jugado papel alguno en el caso por el cual está siendo investigado mi marido. Segundo, espero su adhesión profesional y personal para que transmita, ya se verá de qué forma y ante la opinión pública, mi inocencia." Mientras escuchaba, un sinfín de interrogantes se abrían ante mi. Y Oliva lo intuyó. "Pregunte que respondo, aunque antes que cualquier duda que usted tenga le aseguro que no renunciaré", dijo con voz desafiante de funcionaria de alto rango, una mujer que parecía desdoblarse en "otra" Oliva.

Me reacomodé en la silla, y subí mis pies al borde del escritorio como forma de estar instalado cómodo. El diálogo parecía que iba a transitar por el camino extenso. "Pregunto. ¿Al decir lejos del ruido mediático, esto qué significa?, teniendo en cuenta que asegura que no renunciará."

Oliva respondió rápido y claro: "Me designarán embajadora. Aún resta definir el destino. Esto técnicamente no es una dimisión, es un traslado". Mi primera reacción no fue tanto de sorpresa, como sí de pensar en la instrumentación y argumentación de una medida de ese tipo.

"¿Cómo, cuándo, dónde?", me surgió como primera pregunta. Y todo el trasfondo político que podía tener un acto de este tipo, era el segundo tema a analizar, teniendo en cuenta la evidencia que pesaba sobre su marido y cuánto salpicaba esto al gobierno.

"Esperaremos que las aguas vuelvan a su cauce, que dejemos de estar en primera plana. Este país tiene mucho material informativo en lo político, y una noticia así seguramente será suplantada por otra más importante", explicó la funcionaria con una voz que casi de forma imperceptible fue mutando del tono político al sensual. "Le echo de menos señor. Me hace mucha falta en este momento. Solo usted es capaz de sacarme de la sombra en que estoy para poder ver la luz a su lado", escuché en mi teléfono a modo de susurro, y ahí me sentí "terreno conquistado".

Intuí la necesidad de abrir un paréntesis conceptual, y llevé la comunicación por terrenos políticos más generales. Afortunadamente, inmerso como estaba en esta noticia, afloraron otras que, por ser más "pesadas" y bélicas, les dedicamos más tiempo y comentarios.

Pero Oliva tenía otras prioridades, que no eran las mías. Al menos hasta ese momento. "¿Puedo hablar sin encuadres sociales ni morales, hablar como creo que debería hablar esta, o cualquier sociedad más allá de cultura, religión o posición política?", preguntó, y sin pausa ante mi rápido y casi automático sí, volvió a sus autocuestionamientos. Y más.

"¿Sabe una cosa?, me he planteado muy seriamente que sin importar el destino en el exterior que me asigne el gobierno, lo que realmente me alegraría y me serviría para borrar este lamentable acontecimiento con mi futuro exmarido es que usted me acompañara.

¿Extraño, verdad? A mis 55 años ya no estoy para esperas largas, para dilatar decisiones de vida. ¿Hace apenas seis meses que nos conocemos? Cierto. ¿Nos relacionamos lo suficiente como para adoptar esa decisión? No, nunca se termina de conocer al otro.

¿Perdemos algo? No. ¿Ganamos algo? Sí, mucho. Si crecimos lo que crecimos en pocos meses, no tenemos techo. No lo tengamos, dejemos fluir. Y hoy, aunque parezca extraño esto de hablar de temas tan serios, tan definitivos, tan profundos, por teléfono, no resta ni entrega ni compromiso. Es una aventura, sí, pero de la que —digamos— no tiene mala prensa, por llevarlo a su terreno".

Respiré profundo y me sobrepuse al terremoto emocional, después de un brote permanente de preguntas que daban vueltas esquivando cualquier respuesta.

A mis 57 años quedé desacomodado, masticando preguntas de alguien que me incluía en sus respuestas y en sus proyectos como si fueran míos. Aunque esas contestaciones "ajenas" no estaban muy alejadas de conceptos en los que yo, en general, estaba de acuerdo en ese momento.

Solamente un elemento nos diferenciaba, un juego de palabras, el adelanto de la sorpresa que sorprendió al sorprendido. No esperaba un plan, un proyecto que requiriera tanta entrega como expectativas de una buena vida juntos, a largo plazo. Pensé si "buena vida" se ajustaba a la realidad, y sí, efectivamente englobaba lo fundamental a partir de donde se asocia y desarrolla el resto: amor. Me faltó un espejo en el que mirarme, afortunadamente, para ver lo que sería mi cara en ese momento. "A esta altura de mi vida comportándome como un jovencito y hablando de amor", me cuestioné y no tardé en responderme: "Sí. Y está bien. Si me ufano de poseer honestidad, tanto intelectual como sentimental, no está mal admitir el enamoramiento, defenderlo y cuidarlo". Y hacer lo que se deba para disfrutarlo. No es un estado de fácil acceso.

"Es hora de analizar, primero, y sentir después", decidí, en un intento vano por encarrilar el caos en que había caído mi indócil cerebro, que a la vez debía elaborar una rápida reacción a la propuesta de la futura embajadora.

No podía pensar con claridad y eso me enojaba y empeoraba los métodos de razonamiento con los que venimos de fábrica. "No hagas nada que no seas capaz de explicar", me auto aconsejé, buscando una especie de equilibrio entre ser y hacer. Y sentir.

Comencé a pasar revista a las obligaciones "generales" que tendría si daba el paso de decir sí y marcharme al exterior. No había nada que me atara especialmente en mi ciudad, ni en mi país. Mi trabajo podría ser lo que más echaría de menos. Hipoteca no tenía. Otro tipo de deudas tampoco. Solamente debía hacer frente a los gastos que podía tener de la tarjeta de crédito, lo que tampoco era problema; se podía transferir desde mi cuenta corriente, donde el periódico ingresaba mis haberes, que se sumaban a una especie de fondo permanente de ahorros. Un "colchón" de escaso espesor financiero.

También se habría la posibilidad —al menos el planteo— de poder trabajar para el periódico como corresponsal en mi aún hipotético nuevo destino.

Todo se conjugaba en condicional; certezas ningunas y el reloj —o para ser más descriptivos, el almanaque, que ya pesaba más— había comenzado su andadura.

Capítulo 8

Mientras masticaba una forma de contestación, la importancia de la decisión me frenaba y abrumaba. Sin estar demasiado convencido opté por buscar las aguas calmas de la lectura. El bálsamo elegido siempre actuaba como forma de calmante transición y tenía la facultad de ayudarme a poner orden mental. Tenía la extraña habilidad de concentrarme en una lectura, lo que a su vez me posibilitaba ganar espacio de análisis intelectual.

Decidí una primera y elemental medida: llamar por teléfono a Oliva para encontrarnos y, cara a cara, conversar sobre "nosotros" y el futuro inmediato, con expectativas de pasar a serlo, también, de largo plazo. Su móvil personal —al que se le sumaban al menos otros tres números en un solo aparato, y otro que tenía línea abierta, exclusiva y directa con el presidente— estaba permanentemente ocupado. Podía entender los momentos de crisis y la importancia de su cargo, pero eso no era suficiente para evitar los enojos e impotencia que provocaban en mi ese tipo de situaciones. Tomé por el sendero más largo, pero también el más seguro, un wasap a su móvil personal. "Pienso en mi/nuestro futuro. No la ubico por teléfono. Tengo necesidad, mucha y urgente, de hablar con ud", fue el mensaje claro y sincero. "Ahora a esperar", me consolé. Consciente de que aguardar una contestación en un tema tan importante, y seguro de que Oliva estaría demasiado ocupada y presionada por la crisis a su alrededor, me dispuse a airear mi atolondrada cabeza —aunque con el móvil a mano— haciendo ejercicio. Me cambié de ropa y subí a la bicicleta estática. Estaba en la habitación que me permitía, ocasionalmente, usarla de estudio o gimnasio. Me dediqué a pedalear y pensar.

Me encontraba decidido a parar de dar vueltas, a dejar de masticar la propuesta y responder de forma afirmativa cuando el móvil rompió el silencio. Por fin, era Oliva desde su teléfono personal.

"Hola, buen día, buenas tardes, noches, ya ni sé en qué hora del día vivo. Para ordenar un poco el caos de mi jornada necesito hablar con alguien que me aleje de la política, del gobierno, de los poderes y de la prensa, a excepción de un periodista en particular. Quiero, y necesito, volver a mi vida normal", fue el monólogo utilizado como introducción a un diálogo que debía transcurrir por las calmas aguas de una relación que, aunque corta en el tiempo, nos provocaba una paz tan reconfortante como necesaria. Eran "nuestros" momentos, ahora salpicados por acontecimientos que nos tenían como protagonistas sin haberlo buscado, cuando apenas éramos actores de reparto.

Desde el inicio de la relación, tanto Oliva como yo, tuvimos un punto de conexión muy potente y una especie de pensamientos "bilaterales" muy coincidentes. Un vehículo, dos caminos, podría ser la interpretación.

Me alegró su llamado y lo dejé traslucir. "Buenas noches, ha tenido la mejor elección de todas las disponibles, aquí estoy para ser su escucha activo", dije.

Escuché un suspiro, que pareció de alivio, e inmediatamente comenzó una catarata de relatos que, a modo de desahogo, me sirvieron para formarme una idea de lo complicado y comprometido de la situación de la ministra. Y de lo mal que se sentía, en lo personal y profesional.

Después de escucharla durante unos cuantos minutos, alcancé a tener una noción cada vez más clara de lo que debía enfrentar mi interlocutora y de los riesgos a que estaba expuesta, que llegaban hasta su posible procesamiento por encubrir algunos de los delitos de los que se acusaba a su consorte. Malversación, defraudación y blanqueo de capitales, eran algunos de los cargos por los que la Justicia investigaba al empresario.

Era un momento en que los casos de corrupción en la administración pública se solapaban unos con otros. Los medios, en general, trataban la información con un sensacionalista exceso de meticulosidad, poca —o mínima— objetividad y el modo condicional como la forma más utilizada para tratar la información: sería, habría, el potencial que poco a poco fue creciendo entre los medios, impensado en otros tiempos, cuando se sostenía la premisa de que la prensa estaba para dar certezas al lector, no dudas.

Los cambios provocados por la aparición de Internet y como los medios debieron reconfigurarse para estar a tono con la inmediatez de la noticia, más las luchas del sector por llegar primero al público en general y así ganar espacios, fue condicionando —y aún hoy lo está— a los medios, al punto de que lo "válido" era solamente ser el primero, ser el vocero de una primicia. Esto abrió las puertas a que se fuera perdiendo, paulatinamente, el rigor que guiaba en otros tiempos al gremio en todos sus soportes tradicionales, léase radio, televisión y prensa escrita.

Abandoné las elucubraciones sobre "mi" manual de estilo periodístico, y enfoqué todas mis energías en poner en orden los próximos pasos a seguir. Qué haría con mi vida, esa era la prioridad.

"Vamos a tratar de organizarnos. Comencemos por lo que atañe directamente al caso judicial, cómo está hoy su situación y cuál es su responsabilidad, si es que la hay, en el caso por el que se investiga a su marido", fue mi sugerencia como forma de iniciar el tratamiento del tema y, a la vez, mostrarle a Oliva mi comprensión. Y más, mi solidaridad. Y más.

"No lo veo demasiado claro. Tengo contactos en la Fiscalía y lo que me dicen es que hay sospechas muy firmes, basadas en pruebas y documentación, que dejan muy mal parado a mi consorte. Pero no sólo eso, dada la importancia y el peso político de mi cargo, aunque no formalmente, todavía, también estoy bajo investigación, lógicamente", me explicó.

"El caso Oliva", como se había denominado el asunto, crecía en la prensa día a día. Aparecían detalles de las maniobras y se ampliaba el círculo de los "salpicados" por las denuncias y las pruebas.

"Pienso que deberíamos vernos para intercambiar opiniones, analizar todo el caso hasta el presente y decidir qué pasos dar, si es que se debe dar un paso. Hay mucho para aclarar y los riesgos me atemorizan, tanto en lo político como fuera de ello. Estoy asustada, lo admito", fue la confesión de quien, hasta ese momento, no había dado la menor impresión de tener temores o debilidades. Era una de las figuras del gobierno con mayor seguridad, aplomo y fortaleza. Era quien salía a dar la cara ante la opinión pública cada vez que aparecía algún problema o se debía comunicar algo importante, positivo o negativo. Esa era Oliva. Y ella sabía de su peso y relevancia en el Ejecutivo, a lo que se sumaba un alto grado de aprobación en las encuestas sobre su gestión al frente de la cartera más relevante del país. Poseía la singularidad de ser la funcionaria del gobierno con mejor imagen y los más altos niveles de aprobación.

La atracción que Oliva despertaba en mi, facilitó mi respuesta y la decisión de acudir a su casa. ¿Voy como periodista o como…? No era capaz de definir mi relación con la ministra. Sospechaba que ella tampoco la tendría.

"Salgo ya hacia su casa. Pido un taxi y en media hora estoy ahí. ¿Le parece bien?", pregunté. "Perfecto, lo espero. Con ganas. Con muchas ganas de verlo aquí como usted decida, en el papel que crea conveniente", respondió y ahí cortamos la comunicación telefónica. Pedí un taxi. "En siete minutos estará el coche en su domicilio", fue la cordial y monótona respuesta de la operadore de Radio Taxi. Ese tiempo alcanzaba para una pasada rápida por el baño y para que tomara un abrigo. Tenía todo lo necesario, teléfono, documentación y dinero. Y salí a esperar el coche en el portal del edificio. No demoró y salimos rumbo al lugar donde me esperaba todo lo que ansiaba en ese momento, Oliva.

Una rápida revisión del móvil y la lectura de algunos mensajes que provenían del periódico me sirvieron de entretenimiento para el viaje. Me pareció más breve de lo que decía mi reloj, que mostraba que había pasado casi media hora desde el momento que ascendí al taxi. Descendí y me dirigí al edificio que, en esta oportunidad, tenía una discreta custodia policial. Llamó mi atención, pero supuse que la dimensión que estaba tomando el caso estaría en la base de la determinación de incrementar la seguridad de la funcionaria, además de servir para disuadir el "acoso" de la prensa en el lugar. Había un par de equipos de noticieros televisivos haciendo una de sus acostumbradas y extensas guardias periodísticas.

Desde hace un tiempo consideraba absolutamente ineficaces ese tipo de coberturas y desplazamiento de equipos; y sobraban las muestras. Era muy difícil que algún protagonista de una noticia de actualidad se detuviera e hiciera declaraciones en esas circunstancias. De hecho, en Objetivo nunca se recurría a ese tipo de tácticas.

Entre los colegas no había conocidos. Por suerte. El portero abrió la puerta de entrada, me saludó educadamente y se limitó a indicar "arriba lo esperan señor", mientras sonaban los *clicks* de varias cámaras de fotos a nuestro alrededor. Evité como pude los "flashes", entré al edificio y Rafael, el portero, cerró la puerta tras de mi. "Qué despropósito es esto. Tanto lío,

¿para qué? No sé por qué no dejan a la señora ministra tranquila, esta es su casa, este no es un lugar público", se preguntó y a la vez respondió el portero. Suponía que mis esfuerzos por evitar ser fotografiado o filmado, aunque fuera fugazmente, habían sido inútiles y ya tendría tiempo de buscar una explicación si alguien del periódico, o algún otro medio, me lo solicitaba. Lo inmediato era contener y apoyar a Oliva.

Capítulo 9

Se abrió la puerta del ascensor en el piso 30 y me sorprendió la figura que apareció ante mi: un joven alto y formido con un intercomunicador colocado en su oreja derecha. Unos quilos de más, mezclados con músculos sometidos a excesos de ejercicio impedían el cierre normal de su americana (o blazer). Esto constituía el ser que me saludó mecánicamente y me indicó el camino a la puerta de entrada. Caminé unos diez pasos por la mullida alfombra. Me detuve ante la puerta, que no demoró en abrirse y me atendió una de las secretarias de Oliva. Me acompañó desde la antesala hasta una puerta de roble de un oscuro y elegante marrón que ella abrió tras dos suaves golpes con sus nudillos. La ministra había trasladado la actividad a su domicilio, lo que incluía que hasta su secretaria y guardaespaldas la acompañaran en el lugar.

Tiempo después me enteré que existía un sistema de códigos entre la ministra y su secretaria: un golpe indicaba que quien pretendía hablar con la funcionaria era alguien superior en el escalafón del gobierno; dos, un funcionario de menor rango o visitante. En este caso, yo. Pensé que en el futuro se debería implementar un nuevo código, tres golpes, para definirme y que de algún modo fuera algo exclusivo.

Oliva, sentada en su escritorio, levantó la vista de su ordenador, se quitó los anteojos y adornó con una suave y sugerente sonrisa su mirada hacia mi. Me perdí en su sensualidad mientras caminaba a su encuentro para estrecharle la mano. No puedo darle un beso a la ministra en público, me advertí, para así saludarla de una forma socialmente correcta. Facilitó mi buen comportamiento que la ministra me saludara poniéndose de pie, y nos apretamos las manos con el escritorio como escenario, y, a la vez, frontera física. "Gracias Lourdes, puede retirarse", dijo con voz de amable mando la ministra mientras volvía a su sillón y la secretaria desaparecía. Me senté también, aceptando el gesto silencioso que me invitaba a hacerlo, y quedamos frente a frente, mirándonos, como forma de medir nuestra resistencia a la atracción. El silencio que comenzó a reinar, antes de que pasara los límites de la incomodidad fue interrumpido por Oliva. "No quiero hablar ni saber nada de los problemas del gobierno. Estoy, en este momento, absolutamente apartada de la función pública. Solamente estamos nosotros, dos seres que se cruzaron en un camino y que ahora están acá, encapsulados. Repito, encapsulados". Me pareció más una explicación de guion cinematográfico que de situación verdadera, pero me preparé para cumplir mi papel y no salirme de él, aunque a sabiendas de que eso requeriría un esfuerzo extra.

Desde el diario tenía permanentes llamados de Aleson que buscaba novedades en torno al caso. "Ya te llamaré apenas consiga novedades", fue la respuesta que envié por wasap como modo de evitar el diálogo. Los problemas personales y profesionales de la ministra no habían hecho otra cosa que catapultar mi interés en ella, y a partir de ahí lo que intentaba era hacer menos escabroso su presente, y para esto era necesario alejarla del escándalo político-familiar, el déficit de las cuentas públicas, el desempleo y la inflación, para acercarla a algo mucho menos frío y distante, una relación afectiva y, en ese momento, además, de solidaridad.

Lo mío no era, lógicamente, el comportamiento de un ciudadano común, y estaba bien que así fuera. Mi papel estaba lejos de lo político y mi interés tenía perfume y cuerpo de mujer.

Tras un extenso y profundo suspiro, Oliva comenzó a descargar sobre mí su estado de ánimo: "Estor destrozada, me estoy quedando sin fuerzas y no veo un camino, un sendero por el que pueda ser capaz de transitar. Intento encontrar una salida, pero ni siquiera soy capaz de caminar hacia ese lugar. Todos mis mundos me han caído encima, estoy atrapada en medio de un torbellino de problemas. Me siento sola, abandonada y traicionada. Tampoco me parece apropiado descargar todo encima de usted. No tengo derecho a hacerlo, lo sé, pero me traiciona la gravedad de la situación, el laberinto en que me encuentro", fue el desahogo inicial con voz quebrada de la ministra.

Me propuse ayudarla, pensar seriamente en una salida que le permitiera quedar lo más alejada posible del caso, si es que eso era factible.

"Creo que deberíamos, primero, respetar la propuesta de limitarnos a lo esencial, nosotros, y a partir de ahí dejar que todo fluya y buscar soluciones de una en una, paso a paso, *partido a partido*", dije, tras recurrir a una muletilla de quien es, para mí, el mejor director técnico de fútbol, el gran Diego Pablo Simeone.

Esta última sugerencia logró una pausa de contención en el llanto y apareció lo más parecido a una sonrisa en el rostro apesadumbrado de Oliva.

Aproveché ese momento de distensión para ponerme de pie, esquivar la presencia del escritorio y ubicarme detrás del sillón ejecutivo de la ministra. Apoyé mis manos en sus hombros y lentamente comencé a deslizarlas para masajear su cuello. Un movimiento hacia uno y otro costado, sumado a leves suspiros de alivio me indicaron que estaba en el camino correcto. El silencio apenas se rompía con sonidos leves de placer, y el ambiente se fue tornando a cada momento más íntimo y menos formal.

La ministra tomó un control remoto y apagó las luces. Apenas una muy tenue lámpara de escritorio iluminaba el amplio estudio.

Un suave movimiento de su cabeza hacia atrás, acompañado por otro con el que apoyó su espalda en la parte trasera del sillón, le permitieron verme desde un ángulo en el que cabía una sola reacción: que me inclinara para besarla. Y así fue. Perdí la noción del tiempo y el espacio. Una energía indomable se apoderó de nosotros y nuestros cuerpos. El desenfreno me obnubiló, pero Oliva fue capaz de poner pausa a la situación antes de que se nos fuera de las manos y la pasión nos desbordara.

Dos golpes suaves provenientes del otro lado del despacho nos volvieron, más rápido de lo esperado, a adoptar una postura "socialmente correcta" que la tranquila voz de la ministra avaló: "Pase Lourdes", indicó. Se abrió la puerta y le explicó que ya había firmado los documentos pendientes salvo uno del que esperaba explicaciones "más tarde". La secretaria asintió, y tomó las carpetas de encima del escritorio. "No me pase llamados por favor. Usted conoce las excepciones", le advirtió tajante la ministra.

Mientras tanto, yo, en silencio, era testigo de algo que despertaba todas mis fibras de reportero. Me preguntaba qué contendrían esos papeles, si serían importantes, legales y secretos. O ilegales, y muy reservados. Mi olfato se inclinaba por la última opción. Pero intentaba disimularlo.

Un inesperado llamado, pese a las advertencias de "no molestar", llevó a Oliva a levantar el auricular y atender. De inmediato, su rostro se endureció y fijó su mirada en mi. "Momento por favor", alcanzó a decir antes de apoyar el teléfono contra su pecho y pedirme disculpas porque me invitaba a marcharme. "Surgió algo urgente e importante. Pido mil perdones. Más tarde te llamo. Un asunto urgente y confidencial me requiere", alcanzó a decir en voz baja. Nos despedimos con ademanes cordiales, un cruce de besos lanzados al aire y me dirigí a la salida del despacho.

Su rostro y sus gestos transmitían gravedad. Tuve la rápida sensación de que estaba abrumada y en el centro de un caos del que yo era ajeno. Aún, porque sabía que, tarde o temprano, me involucraría de una u otra manera.

Mi cabeza daba vueltas a la velocidad de la luz, o más (lo que es superar los 300 mil kilómetros por segundo, dato que siempre recordé aunque nunca asimilé), y surgían interrogantes para los cuales no había respuestas, solo elucubraciones. "¡Qué historia me estoy perdiendo!", me lamenté "profesionalmente" mientras bajaba en ascensor hasta la salida del edificio ministerial. Los intentos por abrir alguno de los portales de noticias en el teléfono móvil fracasaron por falta de cobertura hasta que llegué a la planta baja. Lo sabía, pero la ansiedad me dominaba.

También me preocupaba el costado personal que debía enfrentar Oliva. ¿Qué puedo o debo hacer para ayudarla?, me pregunté, antes de enfocar mi atención en lo noticioso del momento.

Cuando tuve acceso al sitio de Objetivo no aparecía nada nuevo, ni grave, entre las principales noticias. Y sin quererlo volví a caer en interrogantes sin respuesta. "¿Qué habrá sucedido con el llamado, quién sería?" era la pregunta que repiqueteaba incesantemente en mi cabeza. Una de las situaciones que más me molestaba era, justamente, caer en cuestionamientos para los que no tenía contestación ni conexión directa, aunque, en este caso, sí existía un dual interés. ¿Sería el presidente?, era la pregunta que se imponía por sobre otras.

Decidí caminar antes de tomar un taxi para dirigirme al periódico. Necesitaba airear mi cabeza —dividida en dos flancos, el humano y el periodístico— para permitirme un análisis de la situación, entenderla a partir de las novedades que, suponía, se estaban produciendo y, a partir de ahí, resolver los siguientes pasos a dar.

Una muestra de lo que sucede en la calle y en la gente, la denominada "opinión pública", tiene en los taxistas a uno de sus pilares. Es difícil subirse a uno de esos automóviles de alquiler y no encontrar a alguien que es experto en todo, desde problemas matrimoniales hasta tener la solución para las luchas políticas en el poder, pasando además por el clima y el fútbol; quien está al mando del volante tiene soluciones para todo. Y generalmente, el pasajero también. Es una terapia al paso que empieza y termina con un viaje.

También se pueden dar situaciones anecdóticas como en Buenos Aires, donde un taxista me comentó que —cansado de escuchar críticas que buscaban la polémica por la gestión del gobierno de turno— debió colocar un cartel en el parasol que alertaba: "Prohibido hablar de política con el conductor".

Llegué al periódico, y respeté la vieja costumbre de dirigirme directamente a la cafetería "de cabotaje" para llevarme al escritorio el mejor de los despertadores, un café doble sin azúcar. Antes de sentarme frente al ordenador, organizar un poco los papeles que cubrían el escritorio, cerrar sitios web abiertos en el ordenador y ponerme a trabajar, hice varias escalas en la redacción en las que intercambiamos opiniones entre colegas y contrastamos información según las fuentes de que disponía cada uno.

"Vamos a pasar revista a lo que tenemos sobre el caso Oliva", fue la orden sugerencia del secretario de redacción.

De común acuerdo se decidió dividir la historia en la menor cantidad de enfoques posibles, desde lo judicial, pasando por lo político y social, hasta lo económico y su alcance en la estabilidad financiera del país.

El periódico tenía un gran desafío con todo el despliegue que preparaba para la edición del domingo, día en que multiplicaría por tres las ediciones regulares con el agregado de una mayor venta de publicidad y a tarifas más altas.

El noventa por ciento de la redacción estaba dedicada a la cobertura del escándalo gubernamental, que tenía ramificaciones en un amplio sector de la administración pública. La Secretaría de Redacción vivía uno de esos típicos momentos de deliberaciones en medio de presiones y el surgimiento de nuevas pistas de información. La versión online de Objetivo mostraba actualizaciones permanentes.

Epílogo

De pronto, la información en torno al "Caso Oliva" tomó un rumbo inesperado. La cúpula del gobierno, a excepción de una ministra, que viajaba en un vuelo oficial hacia una cumbre de países emergentes, cayó a las aguas del Océano Atlántico y murieron todos los pasajeros y la tripulación del Boeing 737. La inmediata operación de rescate no tuvo resultados y, tras una semana de búsqueda infructuosa, las autoridades con jurisdicción en esa zona marítima dieron por muertos a la totalidad de los viajeros.

En ese momento desperté y respiré aliviado, todo había sido un sueño extenso, aunque solamente había dormido veinte minutos.